共和国的历程

正义绞索

挫败美帝细菌战阴谋

周广双 编写

蓝天出版社 吉林出版集团有限责任公司

图书在版编目（CIP）数据

正义绞索：挫败美帝细菌战阴谋／周广双编写.
—北京：蓝天出版社，2014．1（2023.3重印）
（共和国的历程）
ISBN 978-7-5094-1095-0

Ⅰ．①正… Ⅱ．①周… Ⅲ．①革命故事－作品集－中国－当代 Ⅳ．
①I247．8

中国版本图书馆 CIP 数据核字（2013）第 305463 号

正义绞索——挫败美帝细菌战阴谋

编　　写：周广双
策　　划：金永吉　　荆忠峰
责任编辑：祖　　航　　孔庆春
出版发行：蓝天出版社　吉林出版集团有限责任公司
地　　址：北京市复兴路 14 号
邮　　编：100843
电　　话：010—66983715
经　　销：全国新华书店
印　　刷：北京柏玉景印刷制品有限公司
开　　本：710mm×1000mm　1/16
字　　数：69 千
印　　张：8
版　　次：2014 年 4 月第 1 版
印　　次：2023 年 3 月第 3 次
定　　价：29.80 元

版权所有　翻印必究　如有印装质量问题，请寄本社退换

前　言

　　中华人民共和国自 1949 年 10 月 1 日成立以来，已走过了六十多年的风雨历程。历史是一面镜子，我们可以从多视角、多侧面对其进行解读。然而有一点是可以肯定的，那就是，半个多世纪以来，在中国共产党的领导下，中国的政治、经济、军事、外交、文化、教育、科技、社会、民生等领域，都发生了深刻的变化，中国人民站起来了，中华民族已屹立于世界民族之林。

　　这段时间放到整个历史长河中是短暂的，有如弹指一挥间，但它带给中国的却是极不平凡的。六十多年里神州大地经历了沧桑巨变。从开国大典到 60 年国庆盛典，从经济战线上的三大战役到经济总量居世界前列，从对农业、手工业、资本主义工商业的三大改造到社会主义市场经济体制的基本确立，从宜将剩勇追穷寇到建立了强大的国防军，从废除一切不平等条约到独立自主的和平外交政策，从"双百"方针到体制改革后的文化事业欣欣向荣，从扫除文盲到实施科教兴国战略建设新型国家，从翻身解放到实现小康社会，凡此种种，中国人民在每个领域无不留下发展的足迹，写就不朽的诗篇。

　　六十几年在历史的长河中犹如沧海一粟，但对身处其间的个人却是并非无足轻重的。其间究竟发生了些什么，怎样发生的，过程怎样，结果如何，非人人都清楚知道的。对此，亲身经历者或可鲜活如昨，但对后来者却可能只是一个概念，对某段历史的记忆影像或不存在或是模糊的。基于此，为了让年轻人，特别是青少年永远铭记共和国这段不朽的历史，我们推出了这套《共和国的历程》。

《共和国的历程》虽为故事形式，但与戏说无关，我们是想借助通俗、富于感染力的文字记录这段历史。这套丛书汇集了在共和国历史上具有深刻影响的重大历史事件。在丛书的谋篇布局上，我们尽量选取各个时代具有代表性的或深具普遍意义的若干事件加以叙述，使其能反映共和国发展的全景和脉络。为了使题目的设置不至于因大而空，我们着眼于每一重大历史事件的缘起、过程、结局、时间、地点、人物等，抓住点滴和些许小事，力求通透。

历史是复杂的，事态的发展因素也是多方面的。由于叙述者的视角、文化构成不同，对事件的认知或有不足，但这不会影响我们对整个历史事件的判断和思考，至于它能否清晰地表达出我们编辑这套书的本意，那只能交给读者去评判了。

这套丛书可谓是一部书写红色记忆的读物，它对于了解共和国的历史、中国共产党的英明领导和中国人民的伟大实践都是不可或缺的。同时，这套丛书又是一套普及性读物，既针对重点阅读人群，也适宜在全民中推广。相信它必将在我国开展的全民阅读活动中发挥大的作用，成为装备中小学图书馆、农家书屋、社区书屋、机关及企事业单位职工图书室、连队图书室等的重点选择对象。

编　者
2014 年 1 月

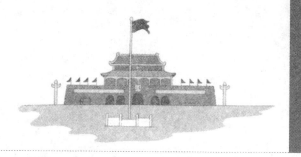

目录

一、 遭遇细菌武器袭击

● 李广福就走近瞧了瞧，令他感到吃惊的是在那片雪地上爬满了大量苍蝇、跳蚤和蜘蛛等昆虫。

● 离开了飞机，在交回了装备和报告飞机情况良好后，他们便直接走向大队部作战科情报组去报告执行命令的情况。

● 李承桢马上把试验装置进行了改装，把反应产生的水从反应液中除掉，转化率很快提高了。

雪地里爬满可疑昆虫

1952 年 1 月 27 日夜间，志愿军第四十二军的驻守地朝鲜铁原郡，美国飞机多批次地在阵地上空低空盘旋，但是令志愿军感到奇怪的是他们没有像往常那样俯冲投弹。

第二天早晨，第三七五团战士李广福在外出执行任务途中，忽然看到在金谷里山坡的雪地上有一片黑乎乎的东西，在白雪的映衬下，显得格外引人注目。

于是，李广福就走近瞧了瞧，令他感到吃惊的是在那片雪地上爬满了大量苍蝇、跳蚤和蜘蛛等昆虫，散布面积大约有 200 米长、100 米宽。

"奇怪，这么冷的天，怎么会有苍蝇和蜘蛛呢？"李广福一边走一边轻轻地念叨着。

回到部队后，他立即向首长报告了这件事。

不久，第三七五团又在外远地、龙沼洞、龙水洞等地也发现了大批昆虫，形似虱子、黑蝇或蜘蛛，但又不完全相似，散布面积大约有 6 平方公里，当地居民都不认识这种虫子。

第四十二军首长认为："此虫发生可疑，数地同时发生，较集中，密度大，可能是美军散布的细菌虫。"

虽然发现了异常情况，但是由于第四十二军卫生技术设备和水平十分有限，他们还无法确认这些昆虫是否带有细菌。他们把这种情况迅速向志愿军司令部作了报告。

志愿军总部在接到报告以后，彭德怀司令员当天即打电话给第四十二军军长吴瑞林，详细询问了有关情况，并指示他们采取坚决措施，消灭昆虫。

志愿军后勤司令部除要求采取紧急消毒预防措施外，还要求第四十二军写出详细的书面报告，上送昆虫标本，请专家鉴别。

2月6日，志愿军司令部向各部队转发第四十二军关于发现异常昆虫的报告，要求各部队在驻地进行检查，查看有无同类昆虫存在，并要求各岗哨严密注意美军飞机投掷物品，发现可疑征候立即报告。

同时，志愿军司令部向中共中央和中央军委作了汇报。

中共中央和中央军委接到志愿军的报告后，同样非常重视。除指示志愿军司令部立即采取有力措施进行防疫工作外，还派总后勤部卫生部防疫处副处长马克亲率细菌专家魏曦、寄生虫专家何琦于12日前往朝鲜实地了解情况，对相关昆虫标本进行培养化验，指导志愿军部队的防疫工作。

此后数日，志愿军部队连续在朝鲜前方和后方多处发现美军投掷的蜘蛛、苍蝇、跳蚤等昆虫。

到2月1日，第四十二军、第十二军、第三十九军和

遭遇细菌武器袭击

第十九兵团部队驻地已发现类似情况 8 起,昆虫密度最高的地方达到每平方米 1000 只。

当时的朝鲜正值一年中气温最低的季节,大量昆虫的反季节出现,并且出现在美国飞机经过的地区,在飞机低飞盘旋后出现,情况异常。

虽然暂时无法证明这些昆虫就是美国飞机所投掷,但可能性极大。

接下来,志愿军部队要做的就是一面采取积极措施进行应对,一面等待专家们的化验结果了。

美军飞行员供认投掷细菌弹

志愿军在朝鲜战场上发现的昆虫，正是美国侵略者在朝鲜战争期间，对朝鲜和中国进行的细菌战所投掷。

早在第二次世界大战期间，美国即开始了对细菌武器的研究与制造。

第二次世界大战以后，美国更是积极扩充在各地的机构和工厂，加快研究和制造细菌武器的步伐。从日本和德国等战败国大肆搜罗细菌武器试验制造的设备、人力和技术资料。

1949年初，曾任美国陆军军事化学部部长的怀特吹嘘说："美国在研究细菌战争武器方面已使其他国家望尘莫及。"

这次，美国利用朝鲜战场大规模地试验其细菌武器的各种效能，把朝鲜战场变成其新式武器和各种战术的试验场。

美军将这些毒菌经过人工培殖，附在苍蝇、蚊子、跳蚤、蚂蚁、蜘蛛、鼠、兔、鸟等动物身上，或附在棉花、食品、宣传品等杂物上，制成细菌弹，由飞机投掷布撒，或由火炮发射散布。并多以污染水源、交通枢纽与居民集中点为目标，其危害对象除我军人员及居民以外，还包括家禽、牲畜及农作物。

遭遇细菌武器袭击

每次实施行动时，美军通常使用 P－51 型或 B－26 型飞机。当飞升到 1500 至 2000 米高度时，将液体的、用薄铁板制作的圆筒状的载有带菌动物的细菌弹自高空投下。

医疗人员经检验查明：对方散布的昆虫和鼠雀等动物中带有鼠疫杆菌、霍乱弧菌、伤寒杆菌、痢疾杆菌、脑膜炎双球菌等细菌共达 10 余种。

由于细菌武器是违反人道主义、违反国际公法的大规模残害人类的禁用武器。当中朝方面对其恶行进行揭露时，美国方面先是保持沉默，后来觉得进行细菌战实在有悖于人性，害怕为国际社会所不齿，又开始为自身进行狡辩。

但是，中国新华社还陆续发布了亲身执行过细菌战任务的伊纳克、奎恩、许威布尔、马胡林等 25 名被俘美军飞行员，关于美军在朝鲜和中国东北地区进行细菌战的供词和公开信。其中有 3 人是上校军衔，曾在美国空军部长或空军参谋长办公室任过职，知道一些美国军事当局关于在朝鲜实施细菌战的决策情况。

这 25 名飞行员在中朝军队宽待战俘政策的感召下，除供述了本人执行细菌战任务的细节情况外，还分别证实了情节大致相同的美军参谋长联席会议关于在朝鲜实施细菌战的决策情况。

据马胡林和爱文斯的供词说，还在 1950 年秋，美国侵略者便在积极准备在朝鲜使用细菌武器了。

当时正是中国人民志愿军出国协同朝鲜人民军作战，美国侵略军接连吃败仗的时候，参谋长联席会议希望使用细菌武器来挽救侵朝战争失败的局面。

当时的美国参谋长联席会议主席布莱德雷、空军参谋长范顿伯、陆军参谋长柯林斯和海军作战部部长薛尔曼，都认为细菌武器有效且便宜，应加以发展，并积极拟订在朝鲜使用细菌武器及其准备工作的计划。这个计划限令在 1951 年年底完成。

1951 年冬天，美国侵略军在朝鲜发动细菌战的决定和计划，就是美国参谋长联席会议作出的。这个决定是通过空军参谋长范顿伯用密令发给东京远东美军总司令李奇微，经过远东空军司令威兰转发给在朝鲜的第五航空队司令埃弗雷斯特执行的。

1952 年 11 月，美国空军参谋长范顿伯还曾亲自到朝鲜来视察过一次细菌战的效果。

这些事实真相的揭露，使美国政府遭到世界各国舆论的严厉谴责，也使他们更加处于狼狈不堪的被动境地。

这 25 名飞行员中有一位 29 岁的名叫奎恩的美国空军中尉，他比较详细地交代了细菌战培训和投弹内幕。

奎恩于 1951 年 8 月 25 日接到命令，到兰格利空军基地报到，学习如何驾驶 B－26 型机。他在那里待了 8 个星期，然后被送往史东曼兵营等候出国，在史东曼兵营他接受了伤寒、斑疹伤寒、霍乱及天花的预防接种。

之后，他们乘飞机离开美国，于 1951 年 11 月 27 日

遭遇细菌武器袭击

抵达日本羽田空运站，然后转往朝鲜群山空军基地。奎恩被分派在第三轰炸联队第三大队第八中队。该第三大队包括三个中队，即第八中队、第九十中队和第十三中队，在群山就只有这一个大队。

1951年12月17日，奎恩到第八中队的传令室报到，他看见布告牌上有他的名字，叫他第二天9时去听课。

第二天，名字也在名单上的领航员拉荪同奎恩一道去听讲了。这次讲课是在地面学校大楼的一间宽敞的房子内举行的，那里可以摆满30个人的座位。

但教室里只有20个人，都是驾驶员和领航员。除奎恩和拉荪之外，还有罗伯兹少尉、史瓦兹中尉、罗吉士中尉、华生中尉、郎恩上尉、达费上尉，这些人都是领航员；何瓦斯上尉、兰德上尉、史密德中尉、皮生上尉、罗伯逊上尉、麦克阿立斯特中尉，他们都是驾驶员。

拉荪和奎恩去喝了杯咖啡，迟到了几分钟，当他们赶去的时候，其他人已经在那儿了。

正在讲话的那位上尉只好给他们又重新说了一遍，这堂课是很重要且极其机密的，那位上尉要求他们要仔细听讲，不得泄露讲课内容。

接着那位上尉就介绍了讲课的人。他说，讲课的人是从日本来的，是一个专家。这位专家是一个非军职人员，名叫阿西福克。

阿西福克是个中年人，40岁，瘦长个子，大部分头发都掉了。

奎恩在提供的口供中说：

"他讲课时首先告诉我们他讲的是生物战争。他说生物战争是件可怕的事情，本不应该去想到它。但是在原子弹时代，科学的进展是那样迅速，我们必须准备随机应变。他说，我们永远不会知道将来事态如何变化，我们必须准备自卫，我们也必须知道在必要的时候如何进行细菌战。他说，他研究细菌战已有多年，他愿意提供给我们必须具有的知识。"

阿西福克告诉他们说，传播细菌的方法非常多，细菌可以在任何地方、任何时候散布，散布的设备也都已经准备好了。

他还告诉奎恩他们，不能单独空投细菌，因为在阳光的直接照射之下，细菌在 60 秒钟之内就会死亡。

然而，细菌可以借多种不同的昆虫和啮齿类的动物而传播。这些昆虫和啮齿类动物已在实验室的条件下培养了好几代，所以选择它们是因为它们在任何时候、任何地点，即使在最不利的条件下都能够生存。

接下来，他举出几种传播细菌的方法，如利用灰尘像烟幕一样地放出去。细菌可以利用船只驶近海岸，在海风吹向岸上时传播。细菌也可以利用低飞的喷气式飞机布撒。他的意思是指任何类型的喷气式飞机。

阿西福克又说，细菌可以利用附着在衣服上的虫子、跳蚤、苍蝇、虱子和蚊子而传播。这些虫子可以利用很多方法投下，如用盒子，盒子在阳光下变得很容易破碎，

遭遇细菌武器袭击

共和国的历程·正义绞索

可让虫子爬出来，也可以用炸弹投下。

接下来，阿西福克详细地讲述了用炸弹传播细菌的方法。他拿出一张绘有喷气式飞机 F – 84 的图片让奎恩等人看，那飞机正在用翼尖上的油箱喷射出带有细菌的灰尘。

他还拿出一张有虫子的旧衣服的照片给奎恩等人看，那些虫子看起来像苍蝇和虱子，在衣服内爬着，它们在衣服内可以生存下来。

阿西福克说，这些虫子是经过挑选而培养的，以便它们可以耐寒，并且不吃东西也能活得很长久。

然后他又拿出一些可以用来投掷细菌的炸弹照片给他们看。这些炸弹除了没有信管之外，与他们平常所携载的普通炸弹极为相像。

阿西福克说，炸弹的大小和形状是不重要的，重要的是里面所装的东西。他还说炸弹是封了口的，自飞机上丢下后口才打开，所以用这种方法携带的细菌是很安全的。

他还展示了一张普通炸弹的照片，弹壳很薄，大约 0.6 厘米厚。他说，这些炸弹仍在试验的阶段，有好几种。

阿西福克又拿出第二张照片给他们看，这上面的炸弹触地时便分裂为两半。另外一个炸弹在背后有门，炸弹触地时便会打开。

这些门是由一个很小的电动马达打开的，这个电动马达和一个电池相连，电池在炸弹着地时才起作用。在炸弹触地以前，电池的金属板是用一片薄薄的塑胶片与液体隔开的。炸弹撞地的力量足以使液体冲破塑胶片，这样液体便涂满了电池的金属板，马达于是便将炸弹的门打开。

阿西福克又拿出一张炸弹照片给他们看，在触地时那炸弹的尾部就和炸弹体分开。所有他给他们看的图片中的炸弹，看起来都做得像普通炸弹一样，但没有一个是装有信管的。

阿西福克说，也有些炸弹可在天空中裂开，装在盒子内的虫子可以在落地之前散布在面积较大的土地上。

阿西福克告诉他们，这些盒子在阳光下会变得很易于破裂，虫子、苍蝇、跳蚤、蚊子可以爬出来。他给学员们看的 3 个炸弹的构造都是一样的，都像普通炸弹，弹壳很薄。给他们看的第一个炸弹是裂成两半的；第二个在背后近尾部有门；第三个的尾部已离开了炸弹体。

在天空中裂开的炸弹是用普通钢丝钩在翼下的炸弹夹上的。炸弹头部有一个小螺旋桨，因有钢丝钩住，小螺旋桨在炸弹丢下以前不能旋转。

炸弹一丢，钢丝留在飞机上，小螺旋桨就可以自由转动了。螺旋桨带动一个发电机，发电机输送电力给一个小的电马达，正像前面所说明的马达一样，它首先打开背后的 3 个门，然后打开炸弹前面的 1 个门。

从炸弹中吹过的风力足以将盒子吹出来，盒子就散

共和国的
历程·
正
义
绞
索

落下来。奎恩后来交代说："他没有把这种炸弹的图片给我们看，解释得也很少。"

接下来，阿西福克又讲述如何散布细菌。阿西福克说，差不多任何虫子都可以用来散布细菌，但他只讲了其中的几种。

阿西福克说："鼠疫可以由老鼠传播，但是虽可空投老鼠，却并不必要。细菌可以放在任何东西内投下，只要老鼠能够并且会钻进去，这样老鼠便会带有细菌。虫子很容易投掷，它们可以带许多细菌。苍蝇可以带斑疹伤寒菌和霍乱菌，跳蚤可以带鼠疫菌。蚊子可以带各种引起热症的病菌，如黄热病、伤寒、疟疾和脑炎。

"脑炎这种病尚无有效疗法。脑炎又名日本乙型脑炎，是日本军队中害的一种病，由日本军队首次带到朝鲜。现在尚不大知道如何与它斗争，预防的方法和预防疟疾相同。"

他说，他愿讲一讲疟疾如何传播，并说其他的发热症状是通过相似的方法，由蚊子去传播的。

他让奎恩等人看了一张蚊子的大图片。他说这些蚊子本来没有害处，但它们如果咬了害疟疾的病人或在实验室内染上了疟疾菌那就有害了。

蚊子咬人时，内管和外管都插在人体内。蚊子用内管吸血，同时用外管向人体内注射一种唾液。如果蚊子是染了细菌的，细菌就随唾液注入被咬人的身体，他就要得病。他说，饭厅墙上所贴的如何防止脑炎的宣传画，并不是用来装饰的。

他说，我们必须遵守所有保持清洁的规定，尤其是在未来的几个月中。当发给我们服用药的时候，我们就应该服用，而不应该把它丢掉。他说，我们必须按时进行防疫注射。如果我们做到了这些事情，我们就没有什么可惧怕的了。这次讲授从 9 时开始，快到 11 时才完毕。

奎恩他们都注意到了细菌弹是不会爆炸的，它们是不爆炸的炸弹。

在 12 月 31 日的传令会议上，作战官告诉奎恩他们：当他们回来向情报组报告执行命令的情况时，要报告所有不爆炸的炸弹。

1952 年 1 月 3 日 14 时，另外 26 名驾驶员、27 名领航员、27 名无线电轰炸手和 27 名机械师，一同向大队部作战科报到。

奎恩那一组中，罗吉士中尉为领航员，赛尔为机械师。因为天气很好的缘故，他们没有带无线电轰炸手，奎恩从布告板上抄下指派给他们的路线，这条路线是由沙里院至平壤，他们起飞的时间是 2 时 30 分。

奎恩在口供中说：

"例行的命令传达会议开始了。在那次例行的传令会议中，作战官告诉我们，我们将听到的一切，都是秘密；并且必须当做秘密处理。除了在我们自己中间外，不得谈论。

"接着情报官说给我们听前一天晚上所看到的行车情况，以及有多少车辆已经被炸坏和炸毁。陆军联络官向我们说明前线的情况，气候官向我们报告气候。其他的消息，风向和温度都由领航员从布告板上抄下。在各方面看来，这很像是一个例行的任务。"

罗吉士、赛尔和奎恩于13时5分在大队部作战科会面了，奎恩进入了值夜班的作战官的小房间，雷诺兹上尉在值班。

奎恩他们向雷诺兹上尉报告了自己的名字，雷诺兹上尉告诉他们说有一个特殊任务要他们去做。雷诺兹要求奎恩他们做任何事以前，应把机翼下的炸弹投在他们所敢于到达的尽可能靠近平壤的地方。他还在壁上的地图上指出一个地点，钉上了一枚红针，这位置在平壤南大约8公里和那条主要的公路的东边约4.8公里。

雷诺兹说道："这之后你们可以继续你们例行的任务了，并且尽量提早把它完成，然后，回来向情报组报告。"

他还告诉奎恩应该在约60米或者可能的话更低一点的高度去投下那些炸弹，不用去管它们爆炸不爆炸，它们都是不会爆炸的炸弹。

这时，奎恩想到了他们所听过的关于细菌炸弹的演讲，便问这到底是怎么一回事，但是雷诺兹说他不知道，并且说最好是按指示执行任务，不必管为什么或者是什么，奎恩想那可能是细菌弹了。

当奎恩他们走向飞机的时候，一个卫兵迎接他们，那时奎恩便断定那些便是细菌弹了。卫兵告诉他不必去管机翼下的炸弹，它们都已经装妥了。

当奎恩检查飞机时，他看了它们一下，便注意到领航员所说的"机翼下的炸弹都没有任何信管"那句话是正确的。

他们彼此看了一下，奎恩便说："命令就是命令，我们只好让它那样吧！"

奎恩告诉领航员在何处投下这些炸弹，他便在他的地图上做了记号。

他们在 14 时 25 分起飞，刚好在 15 时 30 分到达平壤南边。奎恩转向路的东面，正好在桥的南面，当他们离地约 60 米时，罗吉士便说应该是这个地方了，奎恩便投下了那 4 枚机翼下的炸弹。奎恩后来交代："它们都是不爆炸的炸弹，于是我们两人便确定它们是细菌炸弹。"

他们在 16 时 15 分完成了其他的任务，并于 17 时 10 分回到群山降落。离开了飞机，在交回了装备和报告飞机情况良好后，他们便直接走向大队部作战科情报组去报告执行命令的情况。

奎恩他们报告道："我们在所指示的地点离地约 60 米的空中投下了 4 枚炸弹，它们都是不爆炸的炸弹。"

那个军官便把这些记录下来，以便在那天早晨交给情报官员。

1 月 10 日 14 时，奎恩像平常一样在一次例行的传达

遭遇细菌武器袭击

命令的会议中奉命在军隅里和江界之间飞行。

　　奎恩这个组这次以史瓦兹中尉为领航员，赛尔军曹为机械师。

　　他们的起飞时间是第二天 2 时。这个命令传达会是例行公事，当奎恩在 24 时 30 分向作战科报到时，他像平常一样进去在自己的名字旁签了到，并获悉这又是一次特殊的任务。

　　这次又是雷诺兹上尉值班。他记得奎恩已经担任过一次携带不会爆炸的炸弹的特殊任务，所以他便提起那件事来，并且告诉奎恩这次同那次的任务是一样的。

　　不过这次奎恩只带两枚不会爆炸的炸弹，并应把它们投在军隅里的东北，他在壁上的地图上指出了地点，是在军隅里北约 4.8 公里，在铁路线东约 8 公里。

　　同样的在飞机旁边他们又遇见了一个卫兵，他说机翼下的炸弹已经装妥。

　　奎恩注意到这两个机外携带的炸弹又没有信管。

　　他告诉史瓦兹应该在何处做这个特殊的投掷，他们都知道自己所带的是细菌弹。

　　这次，他们在 2 时起飞，于 3 时 25 分到达军隅里。奎恩按照史瓦兹所指点的方向转了弯，并降到约 60 米的高度投下了那两枚炸弹。它们是不爆炸的炸弹。

　　他们尽可能快地完成了其他的任务，到 4 时 10 分便开始飞回群山，5 时 25 分在群山降落，在交回装备，并告诉他们飞机情况良好之后，他们便到作战科情报组报告已经投了两枚不爆炸的炸弹，并且说明是在哪里投下的。那个军官把它记了下来，以便交给情报官员。

这些飞行员的坦白交代，更让美军的细菌战赤裸裸地暴露在世人面前。

遭遇细菌武器袭击

科学家紧急研制抗细菌药物

在确定了美军投掷的细菌以后，科学家开始忙着寻找治疗药物了。

抗美援朝战争开始后，东北制药厂的研究室搬迁到了白城子。

1952 年 3 月 8 日前后，厂研究室的李承桢突然接到厂部给他打的电话，通知他马上整理好行装，带上资料去沈阳。晚上在火车站候车室，厂里有十来个人同行，李承桢也不知道发生了什么紧急的事情。

第二天一早李承桢来到总厂，厂里安排他住在过去为生化药厂来的干部建造的新房子里。

吃过早饭后龙厂长把李承桢单独叫到他的办公室，研究室主任郭丰文已经在那里了，龙厂长二话没说就叫他们一起到东北卫生部去开会。

会议由卫生部副部长白介夫主持，内容是朝鲜的美国军队在几天之前发动了细菌战，空投了带有细菌的昆虫和动物，现在要开展反细菌战。

东北人民政府成立了防疫委员会，林枫为主任委员，一切工作都要为反细菌战开绿灯，药厂要立即生产和研究反细菌战的药物和杀虫药物。

由于情况紧急，领导要求马上动员起来，开完会马上执行。

会议结束，李承桢他们回到厂里后，龙厂长宣布：

1. 成立六六六车间，卢玉华为主任；

2. 成立氯霉素研究小组，由沈家祥教授负责；

3. 成立清水龙车间，放在研究室，由文曜技师负责；

4. DDT 马上正式生产；

5. 研究室马上搬回沈阳，使用原二分厂的厂房开展工作。

李承桢知道合成六六六的方法，在紫外线照射下把氯气通到苯里面就可以得到。

先做小试验，李承桢从仓库里找到了一架医用紫外线灯，反应进行得很顺利。

可是李承桢没想到紫外线对眼睛有害，他没有戴上防护镜观察试验进行过程，当天没有感觉到什么，可是睡了一个晚上之后，第二天早上起来时，李承桢觉得眼睛又酸又痛，还不停地流眼泪。

不单是李承桢，还有何友植等几个和他一起做试验的工人都是一样。

龙厂长很关心这件事，他让李承桢他们先休息一下，下午到医务所去治疗。不过到了中午，他们几个人的眼

遭遇细菌武器袭击

睛都恢复了正常。

这下不敢马虎了，李承桢他们领来了防护眼镜后继续做试验，反应液经过浓缩得到六六六，试验成功了！卢玉华开始在一间空的厂房里面根据李承桢画的草图领着装配工人施工。

苯通氯的反应器如何办？开始从仓库里找到几支石英管，想用连续工艺法通氯，但是紫外线灯的功率太小，反应进行得很慢，放大试验只好暂停。

真想不到，从反应器卸到蒸馏水瓶里面的通了氯的苯受到外面的太阳一晒马上起了反应。

这下可好了，用太阳光做触媒，不需要紫外线了，也不用反应器了。

于是，李承桢他们就在车间外面放上两个长桌，架上 10 个 10 升的圆底烧瓶，在太阳光下把氯气通到苯里面。

反应进行得非常顺利，只要通氯气的玻璃管道被析出的六六六晶体堵塞了就是反应的终点。把反应完的料集中放到蒸馏罐里蒸馏后把多余的苯回收，六六六的结晶就得到了。当然玻璃瓶里面要留一点点反应液作为反应的诱导载体，否则反应是不会马上进行的。

龙厂长给定下了规矩，大晴天工作，从太阳出来到太阳下山之间的时间是氯化的工作时间，没有星期天，下雨天和阴天休息。

从 3 月份开始做试验和准备工作，4 月份安装，到 5

月份生产，短短的 16 天生产了 6 吨六六六，经过北京中央药检所的化验，γ 体含量达到 25.5%，质量完全符合要求，马上空运到朝鲜前线。

回到研究室，郭丰文主任让沈家祥教授做氯霉素的研究，沈教授从大连带来了几个人，有张宴清、郭可义等 3 个人，任务是把对硝基乙苯在铬酸的触媒下用氧气或空气氧化成对硝基苯乙酮。

这是一个中国人创造的合成对硝基苯乙酮的方法。看来好像很简单，但是氧化过程不理想，转化率只有 17%。

李承桢感到这个方法有问题，就到图书馆查《美国化学文摘》，结果被他看到了一个合成苯乙酮的方法，用高锰酸钾以硫酸锰为触媒，在水介质中可把乙苯氧化成苯乙酮。

李承桢用对硝基乙苯做了试验，果然得到了对硝基苯乙酮。

李承桢把试验结果告诉了郭丰文，他的意见还是继续用氧气氧化的方法完成试验，这个方法交给汤菲烈来完成。

果然，汤菲烈完成了对硝基苯乙酮的放大合成，可以提供原料给下面的溴化和成盐两步反应。

李承桢查阅了文献资料，看到类似的氧化反应中有自由基产生，而氧化反应所产生的水会破坏自由基，所以反应不能进行完善。

看了这篇文献，李承桢马上把试验装置进行了改装，把反应产生的水从反应液中除掉，转化率很快提高了，从原来的 17% 提高到 80%，得到了用氧气氧化法合成的对硝基苯乙酮。

沈家祥非常高兴，对其在反应机制上的自由基反应理论的设想加以肯定。

李承桢设想的自由基反应理论的论文摘要后来由郭丰文在全国药学会 1956 年第二次全会上代替李承桢宣读。

到了 1952 年底，中国人自己创造的氯霉素的合成方法的研究完成了，开始中型放大生产，李承桢到分析室继续进行氯霉素质量标准的研究并完成了含量测定的比色法。这个质量标准和含量测定方法通过了卫生部中央药品鉴定所的批准，氯霉素开始批量供应朝鲜前线和国内市场。

东北制药厂把所有的反细菌战的任务全部完成了，美国瘟疫将军李奇微不久被迫下台。

二、 揭露美军罪恶行径

● 美国刚开始保持沉默，继而开始进行狡辩，更疯狂的是，美国不仅没有收起细菌武器，而且无视中国政府的声明。

● 当通过这一决议以后，许多中国代表激动得流下了眼泪，郭沫若也忍不住内心的激动，他一动也不动地坐在主席台上，长时间用手绢捂住眼睛。

● 调查团成员只得冒着生命危险，趁黑夜乘车前进。尽管是夜间，但随时都会遇到侵朝美军的冷炮袭击，有时汽车险些被震翻……

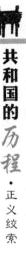

各地举行反细菌战抗议活动

自从美国在朝鲜战场发动了细菌战，中国各地人民对两名美国空军俘虏所供认的美国侵略者有计划地大规模地进行细菌战的罪行，表示出了极大的愤怒。

中国国民党革命委员会东北临时工作委员会、中国民主同盟东北总支部临时工作委员会、中国民主建国会沈阳市分会筹备委员会在 1952 年 2 月 6 日联合发表的声明中说：

美国侵略者向我中朝两国人民进行细菌战的滔天罪行，早已铁案如山。现在，被俘的美国空军中尉伊纳克和奎恩两人的供词、广播词和公开信，再一次揭穿了美国侵略者发动细菌战的黑幕。我们根据新的无可辩驳的证据，再一次抗议美国豺狼们的滔天罪行。我们呼吁全世界一切爱好和平的人民更紧密地团结起来，大张旗鼓地声讨和裁判美国侵略者进行细菌战的罪行，为保卫和平与人类的生存而奋斗到底！

中国人民保卫世界和平反对美国侵略委员会东北总分会、东北总工会、中国新民主主义青年团东北委员会、东北民主妇女联合会、东北学生联合会、东北文学艺术界联合会、东北卫生工作者协会、中苏友好协会东北总分会等团体在 6 日发表的联合声明中说：

亲受美国细菌战毒害的东北人民，在看到美国空军俘虏所供认的这些罪恶事实后，对发动细菌战的美国战争罪犯无不痛恨万分。

同时，几个月来反细菌战斗争的经验证明：

人民的力量是强大的，能够战胜一切野蛮、残暴的侵略者。

东北科学界人士也纷纷声讨美国侵略者大规模地使用细菌武器的罪行。

中国科学院专门委员、东北工学院院长靳树梁、中国科学院金属研究所所长李薰、东北鼠疫防治院院长张杰藩、东北自然科学工作者联合会主席张克威、中国医科大学副校长阙森华、中国医科大学眼科副教授夏德昭等都表示了要彻底粉碎细菌战的决心，并要求全世界有良心的科学工作者，起来制止美国进行细菌战的罪行。

华北抗美援朝总分会、中华全国总工会华北工作委员会、中国新民主主义青年团华北工作委员会和华北文学艺术界联合会分别发表声明，一致指出：

揭露美军罪恶行径

美国侵略者进行细菌战的罪行，绝不是杜鲁门、艾奇逊、李奇微之流可以抵赖得了的。铁证如山，正义的绞索正准备着给细菌战犯们以最后的裁判。

内蒙古自治区抗美援朝总分会等单位和内蒙驻张家口市的医务工作者、教育工作者，在6月7日分别集会，声讨美国侵略军的滔天罪行和无耻的抵赖行为。

华北区各地的医务工作者纷纷表示要参加赴朝防疫队，以实际行动粉碎美帝国主义的细菌战。

天津市著名的劳动模范、大学教授、医务工作者和各人民团体的代表纷纷投函天津各报，对被俘的两名美国空军人员所供认的侵朝美军进行细菌战的罪行表示无比愤怒。

劳动模范潘长有说："我们对美国侵略者疯狂绝顶的罪行是绝不能容忍的。一次又一次的铁证摆在世界人民面前，绝不是一小撮细菌战犯们所能抵赖得了的。"

此外，天津市学生、妇女、店员、工商界人士和保育工作者也一致提出抗议，痛斥美帝国主义进行细菌战的滔天罪行。

各民主党派在上海的地方组织和上海各人民团体7日都发表声明，声讨美国侵略者进行细菌战的罪行。

上海市医务工作者抗美援朝委员会主任委员颜福庆，

中国教育工会上海市委员会副主席吴若安，上海市科学普及协会主席卢于道，全国文学工作者协会上海分会主席章靳以，交通大学教务长陈大燮，圣约翰大学医学院院长倪葆春、文学院院长陈仁炳，震旦大学医学院院长杨士达，复旦大学教授周予同、胡曲园、张孟闻，宗教界民主人士吴耀宗、刘良模、胡文耀，工业劳动模范陆阿狗、张德庆，上海戏曲改进协会主席周信芳，上海工商业联合会副主任委员荣毅仁等，7日也都在上海各报刊发表专文，痛斥美国侵略者以细菌武器屠杀中朝人民的滔天罪行，并一致指出美国侵略者进行细菌战的罪证已经十分确凿，裁判美国细菌战犯的日子临近了。

南京大学医学院附设大学医院院长姜泗长，南京大学医学院细菌科主任教授周郁文，金陵大学植物系副教授彭佐权，金陵大学理学院院长戴安邦，浙江医学院院长微生物学专家洪式闾，浙江医学院细菌系主任屠宝琦都发表谈话，深信美国细菌罪犯必将受到世界人民的正义裁判。

中国新民主主义青年团中南区工作委员会和中南民主妇女联合会筹备委员会都痛斥美国侵略者的滔天罪行。

中南同济医学院细菌馆主任、教授东公振说："美俘伊纳克、奎恩的供词，充分说明了美国侵略者进行细菌战的狠毒计划是极端秘密的，同时也证明它是极心虚胆怯的。我们必须加强反细菌战的工作，使细菌战的组织者受到最后制裁。"

该院寄生虫馆主任、教授姚永政，协和医院院长姚克方、病理科主任李志尚、细菌学教授徐标秀等 10 余人一致表示：随时响应祖国号召，到反细菌战的最前线去。湖南省各界人士看到被俘获的美国空军人员的供词后，保证要以增加生产、厉行节约的积极行动支援志愿军，痛击美国侵略者。

中国民主同盟西北总支部、西安市支部，中国国民党革命委员会陕西省分部筹备委员会，民主建国会西安分会筹备委员会的联合声明中说：

美国空军俘虏伊纳克、奎恩的供词、广播词和公开信，说明了美国侵略者再已无法在朝中人民以及全世界和平人民面前狡辩抵赖，更激起了朝中人民以及全世界和平人民对灭绝人性的美国侵略者的切齿愤恨。美国侵略者秘密进行细菌战的讲课，注射"因军事秘密而不能公开的疫苗"，把细菌弹称之为"不爆炸的炸弹"等等的卑鄙行径，都充分证明其进行细菌战的极端心虚的犯罪心理。关于美国进行细菌战的一切人证和物证现在更加完备了，我们相信正义人类对于美国侵略者的细菌战罪行的最后裁判的日子已经临近了。

重庆市总工会、民主青年联合会、学生联合会、小学教师联合会、工商业联合会等人民团体都发表讲话说：

美国侵略者使用各种卑鄙手段企图狡赖其
进行细菌战的罪行，已完全失败，被俘两名美
国空军人员的供词已提供了不容争辩的罪证。

重庆市人民政府卫生局工作人员，在 6 日举行了座
谈会，会上一致指出：

美俘伊纳克和奎恩的供词，彻底地揭穿了
美国蓄意使用细菌武器的阴谋毒计。

各民主党派在重庆市的地方组织和重庆市各人民团
体都发表了书面讲话。他们要求正义的人们对于美国侵
略者进行细菌战的无可饶恕的罪行，给予严正的裁判。

揭露美军罪恶行径

周恩来争取国际支持

为了让全世界人民都知道美国的罪恶行径，北京组织了中外记者团。

在中外记者团离京前往朝鲜的前夕，周恩来专门致电东北、志愿军防疫委员会，告知将有国际人士前往调查美国进行细菌战的罪行：

> 望做好揭露敌人这一行为的充分实物证据的展览和具有说服力的宣传工作。

中外记者调查团再度查实了美国对中朝人民犯下的滔天罪行。

由于细菌战违反人道主义与国际公约，国内外多渠道的调查取证，无疑对彻底揭露美国的侵略罪行，赢得反细菌战的胜利奠定了坚实的基础。

在全世界人民面前进行控诉，动员国际社会共同反对，是赢得反细菌战胜利的重要因素。

在美国对朝鲜发动细菌战之初，周恩来就清醒地意识到，开展政治外交斗争，是赢得反细菌战斗争不可忽视的一条重要战线。

1952 年，当中国人民志愿军卷入朝鲜半岛战争之际，新中国正遭受着前所未有的外交困境。

一方面，向苏联"一边倒"的外交政策和在朝鲜战场上与"联合国军"对垒的军事行为使中国遭到大多数西方国家的经济制裁和外交孤立。

另一方面，中国与第三世界的不结盟关系尚未展开，与各国共产党之间的正式联络渠道和民间机构之间的友好关系还在探索之中。

因此，新中国急需通过其他外交渠道来构筑与西方国家之间的非正式外交关系，并由此建立一条国际统一战线，为新中国外交打开局面。

引人注目的细菌战问题在这种不利于中国的情况下突然发生，它给正在寻找外交突破的中国领导人提供了一个可以利用的战略时机。如果中国能够在细菌战问题上处理得当，不仅可以在国际道德法庭上将美国置于被告者的地位，证明帝国主义的恶魔本质，而且有利于新中国在国际舞台上提高自身形象，突破西方的外交封锁和经济制裁。

在这种外交思想指导下，对细菌战指控的国际政治动员拉开了帷幕。

1952 年 2 月 22 日，朝鲜民主主义人民共和国发表声明，抗议美国进行细菌战的暴行。

24 日，周恩来"继续向全世界控告"，发表《支持朝鲜朴宪初外务相抗议美国政府进行细菌战》的声明，声明表示：

中国人民将和全世界人民一道，为制止美国政府这一疯狂罪行而坚决斗争到底。

声明严正警告美国要"对后果负责"，为了支持朝鲜人民反细菌战，周恩来还提出由中国人民保卫世界和平委员会向世界和平委员会建议"发动反对美国进行细菌战的活动"。

2月25日，中国人民保卫世界和平反对美国侵略委员会主席郭沫若，致电世界和平理事会主席约里奥·居里，控诉美国进行细菌战的罪行。

3月3日，约里奥·居里在巴黎发表声明，痛斥美国发动细菌战，号召全世界舆论斥责美国的罪行。

对中朝两国政府对细菌战的抗议和国际社会的谴责，美国刚开始保持沉默，继而开始进行狡辩，更疯狂的是，美国不仅没有收起细菌武器，而且无视中国政府的声明。从2月28日起至3月5日，美国连续对中国东北散布细菌武器。

面对美国违背国际公约，残害中国人民健康的侵略行径和野蛮行为，3月8日，周恩来发表严正声明，抗议美国政府使用细菌武器的无耻行径，呼吁全世界爱好和平的人民起来，制止美国政府的罪恶行为。

3月13日，外交部副部长章汉夫会见印度驻华大使时向他转达了中国政府对美国拖延停战谈判、使用细菌武器的非人道主义行为的强烈谴责，并将已发表之细菌战材料、我国人民和各国人民的愤怒的抗议告诉了他。

印度驻华大使潘尼迦对章汉夫提供的细菌弹照片极感兴趣，建议"应让美国人民亦看到这种材料……知道美国军队细菌战罪行"。

会见结束以后，章汉夫迅速向周恩来作了汇报，建议采纳潘尼迦的提议，由外交部情报司立即会同有关单位迅速编印一种包括文字和照片的英、俄文小册子，用以配合揭露细菌战的国际舆论宣传。

中国政府的抗议还得到了苏联的声援。在联合国安理会上，苏联代表提出"号召各国参加并批准 1925 年签订的禁止使用细菌武器的日内瓦议定书"的议案。遗憾的是，美国操纵的联合国安理会不仅置之不理，而且强烈反对。

为了争取广泛的国际声援，周恩来提议由各民主党派代表出面，倡议召开亚洲及太平洋区域和平会议。

3 月 21 日，宋庆龄、郭沫若等 11 人，联合发电邀请亚洲及太平洋沿岸各国致力和平、主持正义的著名人士，召开亚洲及太平洋区域和平会议。

宋庆龄等 11 人发表了《发起书》，《发起书》指出，亚洲及太平洋区域各国人民是渴望和平的，他们对恶化的国际局势和战争威胁感到异常不安，但和平不能等待，需要爱好和平的人民团结起来争取。《发起书》阐述了保卫亚洲及太平洋区域的和平对保卫世界和平的重要意义。

揭露美军罪恶行径

宋庆龄等的建议，受到了亚太地区广大人民的热烈赞同。

3 月 24 日，周恩来接见即将出席世界和平理事会特别会议的代表团成员郭沫若、马寅初等，就揭露和控诉美国侵略朝鲜并发动细菌战的罪行作了指示。

26 日，周恩来致电驻德意志民主共和国大使姬鹏飞，请他转告郭沫若，在会上应着重提出以制止细菌武器作为本次会议的主要内容。

29 日，世界和平理事会在挪威首都奥斯陆召开，根据周恩来的指示，中国代表郭沫若就美国对中朝两国人民进行的细菌战作了详尽的报告。在中国代表的努力下，会议通过了"反细菌战"告全世界男女书，号召全世界男女为制止美国细菌战罪行和要求禁止细菌武器进行坚决的斗争。

1952 年 4 月 9 日，美国《新闻周刊》披露消息说，美国海军的一艘步兵登陆艇，曾于 3 月间被派至朝鲜北部东海岸的元山港，执行秘密使命。船上设有实验室，老鼠、虱子俱全，还把在该港的小岛上抓到的一些中国人民志愿军官兵带到船上，试验他们是否已有可怖的黑死病的症候。

同时，在巨济岛等战俘营也进行了类似的罪恶试验。据当时美联社的消息，试验的结果，在被关的 12.5 万朝鲜俘虏中，有 1400 人病得很厉害，其余的人约有 80% 染有某种疾病。

7 月 1 日，世界和平理事会特别会议在柏林召开，郭沫若根据周恩来的指示，在会上痛斥美国进行细菌战的罪行，并提出 5 点建议，受到世界各国代表的支持，会议一致通过《关于停止朝鲜战争的决议》。

1952 年 12 月 12 日至 19 日，第二届世界保卫和平大会在维也纳举行。

中国派出了以宋庆龄为团长、郭沫若为副团长的庞大代表团出席。钱三强为这个代表团的成员。

约里奥·居里、爱因斯坦、宋庆龄是这次大会选出的 3 位主席。

在这次大会上，巴西寄生生物学家贝亚索教授代表国际科学调查委员会发言，揭露了美国在朝鲜和中国东北使用细菌武器的事实，向全世界伸张了正义。

在周恩来的运筹帷幄下，在朝中人民的共同努力和国际正义人士的支持下，中国在道义上压倒了对方。

组织各界和西方人士实地考察

收集整理出充分证明美国进行细菌战的罪证，这是争取国际人道主义支援的前提。周恩来深知，只有拥有令人信服的证据，才能从根本上揭穿美国的罪行。

因此，他通知总后卫生部贺诚部长及东北、军委、志愿军司令部等地区和部门的卫生机关，收集足以证明美军进行细菌战的材料。同时，他还提议由中国红十字会、各人民团体派代表组成调查团，前往朝鲜和东北实地调查。

根据周恩来的指示，中国人民保卫世界和平反对美国侵略委员会召开扩大会议，会议决定组织"美帝国主义细菌战罪行调查团"，分赴东北各地和朝鲜前线调查取证。

在调查团出发前夕，周恩来专门接见了调查团成员，对调查团的实地调查提出了具体要求。

根据周恩来的指示，调查团在朝鲜前线和后方进行了为期半个月的调查，获取了大量证实美国进行大规模细菌战的确凿证据，发表了关于美帝国主义在中国东北地区散布细菌毒虫罪行的调查报告书和关于美帝国主义在中朝散布细菌罪行的调查报告书。

调查团东北分团还将调查的罪证实物和见证拍成电

影和照片公布于世，这一举措，在国际社会引起了巨大反响。

在国内调查团赴朝鲜、东北调查的同时，周恩来认为，仅有国内调查团的材料，难以使美国低头认罪。为了使调查的材料更全面、更富有说服力，周恩来呼吁世界爱好和平、主持正义的人们组成调查团，到朝鲜和东北调查。

但是，中国方面最初动员的国际力量却仅限于宗教界。

1952 年细菌战发生时，刚好有一批对华友好的西方人士在中国访问，这批人包括国际民主法律工作者协会成员布兰德魏纳、意大利律师卡瓦莱里、中国新法学研究会理事柯柏年、法国律师贾斯盖、英国律师加斯特尔、巴西法学教授狄布里托、波兰法律工作者华西尔考夫斯卡夫人、比利时律师莫伦斯夫人、加拿大和平理事会成员文幼章、英国坎特伯雷副主教约翰逊以及英文月刊《中国评论》总编辑约翰·鲍威尔。

以上西方人士在参观了中国举办的细菌战展览并进行了实地考察后，对美国使用细菌武器一事深信不疑，在中英文报刊上发表了大量支持中国、谴责美国的文章。

中国政府对此十分重视，认为是争取国际舆论支持，向世界人民揭露细菌战真相的重要渠道。

5 月下旬，毛泽东和周恩来在北京接见了来访的英国坎特伯雷副主教约翰逊，接见后专门安排他参观了正在

揭露美军罪恶行径

北京举行的细菌战展览。

约翰逊是英国左翼宗教领袖，上个世纪 30 年代曾访问中国。1952 年春夏之间，他与夫人及牛津大学讲师戴伊在中国进行了为期 6 周的访问，足迹遍及北京、上海、武汉、广州等 12 座城市，参观了荆江分洪、治淮工程等国家建设项目，所到之处受到当地人民的热烈欢迎。

中国政府对他的访问活动作了周密安排，以使其加深了对新中国的美好印象和对细菌战的了解。

当时，约翰逊一行每到一地均有外交部欧非司人员专程陪同，对其与地方领导人会谈和参观后的一言一行都有文字记录，并随时上报主管接待的外交部副部长章汉夫，转送周恩来及中共中央联络部、统战部、宣传部、文委宗教事务处等部门，获取相应指示。

访华期间，约翰逊不仅在北京和沈阳参观了细菌战展览，而且观摩了由当地政府组织的群众防疫运动现场，这些参观使他感到"过去我们认为细菌战是一小部分的散布，是偶然的。今天看了展览之后，知道这是大规模的，并且是不断的……想到这还是所谓基督教文明的西方国家做出这样魔鬼似的事情，感到回英国后的责任更加重大了"。

约翰逊在离开中国时表示：

回国一定把美帝细菌战情形加以宣传。

在周恩来的不懈努力下，由奥地利、意大利、英国、法国、中国、比利时、巴西、波兰等八国组成的"国际民主法律工作协会调查团"到达朝鲜，该调查团按照法律方式，调查美国在朝鲜进行细菌战的罪行。

后来，"国际民主法律工作协会调查团"公布了《关于美国在朝鲜的罪行的报告》，证实了美国侵略者在朝鲜、东北进行细菌战的结果，还发表了《关于美国军队在中国领土上使用细菌武器的报告》。

外交部的报告及时反映了细菌战动员中的一个重要薄弱环节，即在中国访问的西方人士虽然大部分同情中国，也愿意为中国在国际舞台上伸张正义，但他们的身份局限于宗教界人士、新闻工作者或民间和平团体成员，没有一个纯粹的职业科学家，因此对细菌战的证词缺乏科学上的说服力。

细菌战毕竟是一个涉及细菌学、生物学、昆虫学、动物学、植物学、传染病学等多种学科，需要详细调查、严肃论证的科学话题。要想争取世界舆论的同情，中国必须拿出过硬的科学证据，动员有声望的西方科学家来华调查取证，并在国际舞台上为中国辩护。

意识到这一问题之后，中国政府决定开辟第二渠道，把动员的重点放在具有世界和平组织领导人和著名科学家双重身份的法国友好人士约里奥·居里身上。

约里奥·居里是法国著名化学物理学家，他是 1935 年诺贝尔化学奖获得者，法国原子能总署高级专员。同

揭露美军罪恶行径

时，他还是法国共产党员，二战时期法国反法西斯抵抗运动的领导人。

1950 年 4 月 20 日，约里奥·居里与一批左倾知识分子、科学家在巴黎成立世界和平支持者大会，他当选为首任主席。

1950 年约里奥·居里又当选为在华沙成立的世界和平大会执行局主席。该机构是战后欧洲知识分子和平运动的产物，分支遍布全世界，在政治上同情共产主义和以苏联为首的社会主义阵营，反对美国的战争扩张政策和核试验，对新成立的中华人民共和国持友好态度，中国人民保卫世界和平委员会是其在中国的分支机构。

1952 年细菌战发生时，约里奥·居里正在为联合全世界科学工作者共同禁止核武器而奔走。在他接到中国人民保卫世界和平委员会委员长郭沫若就细菌战发出的呼吁后，他立即以世界和平大会执行局的名义，发表了美国使用细菌武器是"继用原子弹在几十秒钟之内毁灭广岛和长崎的几十万人民那种同样穷凶极恶的罪行之后的又一罪行"的声明，并迅速作出 3 月底在奥斯陆召开世界和平大会执行局紧急会议，讨论这件事的决议。

3 月 21 日，参加奥斯陆会议的中国代表团在北京组成，团长郭沫若，成员包括茅盾、钱三强等。

郭沫若是国际著名人士，前国民党政府中央研究院院士；当时身兼中国人民保卫世界和平委员会委员长和中国科学院院长，代表着中国最高一级非政府组织机构和中国最高国家科学研究机构。

钱三强是约里奥·居里的学生，20世纪40年代曾在巴黎大学镭学研究所居里实验室跟随约里奥·居里学习核物理学，1948年回国。中华人民共和国成立后参加中国科学院的创办，钱三强任近代物理研究所所长。

由中国科学院院长和中国顶尖科学家组成的代表团向外界传递了一个明确信息，即未来的细菌战调查将是一场由民间组织和科学研究机构共同承担的，严肃、客观、不带任何政治偏见的科学调查，而不是官方操纵的政治宣传。

当然，代表团另一个心照不宣的目的则是希望钱三强能够利用他与约里奥·居里的特殊关系说服世界和平大会站在中国政府一边。

3月下旬，中国代表团抵达奥斯陆。3月29日，中国代表团在世界和平大会执行局会议上与朝鲜代表李其永一起，向会议出示了有关美国使用细菌武器的证据和文件。

代表团强烈请求大会组织一个由独立、公正的科学家组成的代表团前往中国和朝鲜调查，该调查团的人选不一定来自与任何国际和平组织有关的团体，但是他们应该具有为人道主义献身的精神。

当问到中国政府是否愿意接纳联合国国际卫生组织或国际红十字会派遣的调查团时，郭沫若当场予以回绝，他认为在美国影响和操控下的联合国不可能展开公正的

揭露美军罪恶行径

调查。

于是，会议又围绕是否成立调查组、要不要干涉朝鲜战争中的细菌武器问题展开了激烈的讨论。

后来，据钱三强回忆，世界和平大会执行局在是否应该支持中国的问题上意见并不统一，为此他和郭沫若在会上会下进行了大量的斡旋工作，重点说服约里奥·居里在支持中国问题上的决心。

中国代表团的游说最终生效。在会议开始后，作为保卫世界和平理事会主席的约里奥·居里先生首先站出来，主持正义，并专门组织了一个小型会议进行宣传。

他旗帜鲜明地发表了如下一段讲话：

大家选我担任和平理事会主席，我很荣幸。我们受着同一个信念的鼓舞，为消除战争而工作。我们要尽一切办法，使我们的孩子不再经历新的战争恐怖，使科学为其正当目的而不为罪恶目的服务，使世界上的劳动者不断努力创造幸福，而不致造成破坏。只要危险没有消除，我们就要坚持做下去。没有任何东西可以阻挡我们。

只见他用严峻的目光，扫视了一下会场，接着说下去：

理事会支持不支持被侵略的朝鲜和中国的要求，是关系到世界和平理事会存亡的问题。若不能主持正义，还有什么理由让世界和平理事会存在下去！

台下响起一片热烈的掌声。

次日，大会进行辩论和表决。在约里奥·居里的主持下终于通过决议：组建一个调查美国在朝鲜和中国进行的细菌战事实的国际科学委员会。

当通过这一决议以后，许多中国代表激动得流下了眼泪，郭沫若也忍不住内心的激动，他一动也不动地坐在主席台上，长时间用手绢捂住眼睛，不想让人看出他在流泪。

全世界爱好和平的人们站在了约里奥·居里一边。

中国人民没有忘记约里奥·居里在关键时刻给予我们的宝贵支持。郭沫若首先代表中国科学界和中国人民向他发了慰问电报。

4月2日，世界和平大会执行局通过题为"反对细菌战"的告全世界男女书，决定组织一个调查细菌战事实的国际科学委员会前往中国和朝鲜。

经约里奥·居里的积极组织和支持，委员会由6人组成，名单由约里奥·居里提出。

4月5日，周恩来在接见印度大使潘尼迦时告知对方：中国已掌握了美国进行细菌战的充分证据，并邀请世界和平大会主席约里奥·居里博士帮助中国组团来华调查。

奥斯陆会议决议为中国争取国际舆论支持迈出了第一步，给细菌战调查打开了一扇大门。

但是正当中国政府组团活动即将开始之际，事情却发生了意想不到的变化，约里奥·居里本人因身体状况和政治压力双重原因而无法继续承担细菌战组团工作。

政治方面主要起因于法国政府和公众舆论对约里奥·居里的批评。

早在朝鲜战争爆发之前，约里奥·居里便因以共产党员身份担任法国原子能总署高级专员，而受到西方公众舆论的普遍质疑。以美国为首的新闻媒体不断发表文章，攻击约里奥·居里的政治立场，警告法国政府在高尖端、高机密原子能研究机构中任用共产党人的做法可能给西方阵营带来潜在危害。对此，约里奥·居里心理上一直承受着沉重的压力。

1950 年 4 月 5 日，当他再次在法国共产党代表大会上发表演说，号召共产党员和进步科学家坚定地站在苏联一边，反对任何帝国主义国家可能对苏联发动的侵略战争时，法国政府对他的迫害骤然升级。

就在这一演说后不久，法国总理乔治·皮杜尔解除了约里奥·居里的法国原子能总署高级专员职务。

奥斯陆会议之后，以美国为首的西方媒体对约里奥·居里的攻击达到了顶峰，美国驻联合国代表奥斯汀公开在媒体上指责约里奥·居里是"赤色分子"、"滥用科学"等等。

约里奥·居里针对沃伦·奥斯汀指责他"滥用科学"的攻击文章，愤怒地回敬了奥斯汀。

约里奥·居里在给奥斯汀的回信中写道：

> 你指责我滥用科学，因为我反对罪恶地使用伟大的巴斯德的发现，因为我号召公众反对发动细菌战。
>
> 不能因为朝鲜人和中国人选择了和你们国家不同的制度，也不能因为他们不是白种人，就认为用凝固汽油或用细菌来大规模地消灭他们是合法的……
>
> 因为我知道科学能给世界带来什么，所以我将继续努力，利用科学造福人类，不管他们是白种人、黑种人还是黄种人，而不是在某种天赋使命的名义下利用科学消灭人类。

但是，约里奥·居里的个人辩解，始终无法抵挡西方公众媒体的围攻。

最终，这些舆论压力使得约里奥·居里在法国科学界处境十分难堪，威信下降，很难再继续承担细菌战国际调查团的组团工作。

面对这一突变形势，中国政府决定派出得力人员前

揭露美军罪恶行径

往世界和平大会执行局，加强细菌战国际动员工作。

1952 年 4 月 14 日，外交部副部长章汉夫致函周恩来、王稼祥，请求选派李一氓担任世界和平大会理事会执行局秘书，前往设在布拉格的世界和平理事会工作。

信函称：

稼祥同志并总理：

李一氓同志愿意担任世界和平理事会执行局秘书的工作，他要求对此工作的方针和任务及向外联系问题给予指示，并请考虑给他一个助手和俄文翻译。任务和方针问题，拟请郭老、稼祥、定一等和他一起讨论一次。行前请总理谈一次话。干部问题，由稼祥和我同他设法解决。

当否请示。

汉夫

4 月 14 日

于是，中国政府派李一氓担任世界和平理事会执行局秘书，积极进行细菌战方面的国际动员。

李一氓派任世界和平理事会执行局秘书以后，始终受到周恩来的密切关注，周恩来不仅专门过问李一氓在世界和平大会的工作任务和方针，而且亲自安排李一氓身边的工作人员。

李一氓到达布拉格后，亦定期向中央汇报他在世界和平理事会执行局的工作情况，并与在布拉格负责细菌战国际科学调查团组团工作的钱三强进行联系。

1952 年 5 月下旬，钱三强接到郭沫若托李一氓从北京带给他的亲笔信，信中写道：

> 三强兄：
>
> 您这次做了很好的工作，总理、定一、同志们都表示满意，您辛苦了。我们的意见，望您待（带）国际委员会组成后一道回国，望您把这一任务彻底完成。居里先生处我已有电慰问，今天李一氓动身，我写了一封信，托他带去。您多留二三星期，我想对于居里先生也当是一种安慰。余由长望同志面详。
>
> 郭沫若

此时，剑桥大学的李约瑟教授也表现出对美在朝发动的细菌战的强烈关注。

李约瑟是英国剑桥大学生物化学家，英国皇家学会会员，生物胚胎学领域的著名学者。

李约瑟与他那个时代的许多科学家一样，除了对科学研究有着浓厚的兴趣，对政治、宗教、社会问题也有着广泛的关注。

20世纪30年代，李约瑟秉持"科学的世界观赋予科学家其他公民所不能担负的特殊公共职责"的信念，积极参与社会政治活动，在政治上同情社会主义，是英国工党成员，曾支持英国共产党和西班牙反法西斯内战。他对鲁道夫·奥托普世基督教理论和马克思社会分析方法有着双重的信仰。

1952年中国在国际上提出对美国使用细菌武器的指控后，李约瑟立刻敏感地联想到这件事可能与日本在二战时遗留下来的细菌武器有关，他在一份备忘录中写道：

> 上次战争期间，我曾一度受命准备一份关于指控日本人在湖北和湖南省使用细菌武器的报告。我虽然没有机会进行实地调查，但是有机会看到中国军医总署的报告并与该部工作人员谈过此事。尽管我在一开始对此抱有极大的怀疑，但是最终的结论是日本人确实空投了含有感染鼠疫病毒跳蚤的容器，因此在通常并不发生鼠疫的地区引起超过150例淋巴腺鼠疫病例，大部分是致命的……
>
> 众所周知，战后已有英文文件问世的卡巴罗夫斯克审判已经证实日本人曾经从事大规模细菌战试验，包括使用许多犯人试验。并且于1940年至1943年之间在中国许多地区散布过感染鼠疫的跳蚤。

尽管日本人从在华细菌战行动中获取的实际效果微乎其微，甚至并不具备军事价值，如果参考美、英两国自己承认的自战争以来花费在细菌战研发方面的巨大开支，我们似乎也没有理由去否认美国占领当局继续日本大规模研究的可能性。毕竟很少或几乎没有卡巴罗夫斯克审判的科学领导人是掌握在俄国人手中。

　　据此，李约瑟判断美国可能在日本人细菌战研究的基础上发展了生物武器并试验性地使用于朝鲜战场，但是这一判断并无确凿的事实根据。

　　正当李约瑟对此犹豫不定的时候，4月25日，国际民主法律工作者协会成员杰克·加斯特和加拿大和平理事会成员文幼章从中国来到伦敦，他们在李约瑟的邀请下前往英中友好协会，和伦敦和平理事会发表有关细菌战问题的联合演讲，由李约瑟亲自担任演讲会主席。

　　加斯特和文幼章的演讲使李约瑟对细菌战问题的猜测得到了进一步证实。

　　几乎就在同一时期，李约瑟收到了他抗战时在中国认识的两位老朋友，病理学家、英国病理学会会员李佩琳和吴在东从中国的来信。

　　他们两人在信中告诉李约瑟：中国科学家"从解剖因染疫而死亡的我国同胞的尸体上，发现了我国从未有过的一种脑炎，这是在3月2日美机侵袭鞍山附近之后

揭露美军罪恶行径

所发生的事情。美机在那里投掷了大量带病毒的蚊虫"。

李佩琳和吴在东的来信使李约瑟对细菌战的事实更加确信不疑了，事后他在其备忘录中写道：

> 只有组织一个调查团才能澄清事实真相。我明白中国政府急切地希望邀请这样一个调查团，而且希望该团尽可能由杰出的、专业的、不带政治偏见的细菌学家、传染病学家和医学昆虫学家组成。任何来自西方国家阻挠他们前往中国的压力将被视为对罪行的承认。

此时，李约瑟已经有了查明事实真相的强烈渴望。

1952年5月下旬，就在李约瑟对细菌战问题倍加关注之时，他在剑桥大学接到钱三强从布拉格给他的来信，内称：

> 我很高兴向您转达一个来自北京的信息：我们邀请您参加一个前往中国和朝鲜收集和报道有关细菌武器证据的国际调查团。该邀请信的签发人是中国科学院院长、中国人民保卫世界和平委员会委员长郭沫若。郭沫若请求我暂留欧洲直到调查团起程，调查团成员将在布拉格会合，由我从那里陪同他们一起前往目的地。调查团预计的出发时间是6月初，请尽快确认

您是否能够参加。

在等待您答复期间，我将在中、朝政府的配合下，为您此行提供任何必要的帮助。当然，此行一切费用将由中国政府承担。

钱三强与李约瑟本来并不认识，但是他们两人都是约里奥·居里和郭沫若的亲密朋友。

李约瑟早在战后担任联合国教科文组织科学部门领导时便与约里奥·居里相熟，两人的政治观点十分接近。因此，他们在细菌战问题上的立场非常一致。

在收到钱三强的来信后，李约瑟立刻以极大的热忱投入到了帮助中国组织国际科学调查团的工作中。

经过中国方面和李约瑟的共同努力，国际科学委员会最终成立了。

揭露美军罪恶行径

国际科学调查团的调查结论

国际科学委员会的委员们在 1952 年 6 月 21 日及日先后抵达北京，他们在北京受到中国科学院与中国民保卫世界和平委员会的热烈欢迎。

国际科学委员会的委员由下列人士组成：

安德琳博士，瑞典人，斯德哥尔摩市立医院管理处中央临诊试验室主任。

马戴尔教授，法国人，格利农国立农学院动物生理学研究室主任，曾任联合国善后救济总署牲畜专家，意大利及西班牙畜牧学会通信会员。

李约瑟教授，英国人，皇家学会会员，剑桥大学生生物化学系威廉·邓爵士讲座的讲学者，曾任重庆英国大使馆科学顾问，联合国教育科学文化组织自然科学部主任。

欧利佛教授，意大利人，布罗尼大学医学院人体解剖学教授，前土伦大学普通生物学讲师。

贝索亚教授，巴西人，圣保罗大学寄生生物学教授，前圣保罗省公共卫生局长，罗西佛及拍拉巴两大学医学院名誉教授。

茹科夫·维勒斯尼科夫院士，苏联人，苏联医学科学院副院长兼细菌学教授，曾任伯力日本细菌战犯审讯的首席医学专家。

虽然我国对部分科学界知名之士不能前来表示十分遗憾，但委员会仍规定了 7 月 15 日为最后报到的一天，因为形势不容许再等了。

后来葛拉求西博士，意大利人，意大利罗马大学微生物研究所助教也加入了这个队伍。他于 1952 年 8 月 6 日在委员会自沈阳回来之前到达北京。因为他只能在委员会最后 3 周的工作中出席，所以他的地位是"列席顾问"，在这个职位上他对于会议的进行有很大的帮助。

最后还有中国科学院近代物理研究所所长钱三强博士参加。钱三强代表郭沫若陪同委员会人员从欧洲来到北京。钱三强经中国方面委员会一致的邀请，并被任命为联络员，在委员会讨论时，他可以发言，但没有投票权。

国际科学调查团首先赴我国丹东、抚顺等地进行调查，结果发现了美国用飞机投放的细菌弹散布的带有多种毒菌的大量昆虫。

美国在中国东北各地，惨无人道地进行细菌战的罪证，被调查团找到实物与标本以后，国际科学调查团成

揭露美军罪恶行径

员在中国人民志愿军的护送下，越过鸭绿江大桥进入朝鲜境内。

当钱三强与国际科学调查团进入朝鲜以后，呈现在眼前的景象更是惨不忍睹。

到处是残垣断壁、壕沟弹坑，尸体遍地……

白天，美国飞机遮天蔽日、狂轰滥炸。

调查团成员只得冒着生命危险，趁黑夜乘车前进。尽管是夜间，随时都会遇到侵朝美军的冷炮袭击，有时汽车险些被震翻。但是，他们为了正义的事业，全然不顾自己的安危，充分体现了他们伟大的国际主义精神。

在平壤郊区的一座水泥建筑物内，金日成接见了调查团，并亲自向国际调查团展示了美国发动细菌战的许多实物。

在战壕里，在山洞中，在田间，在医院，钱三强陪同国际调查团，调查了数以百计的人证，获取了大量实物标本。

他们还获取了投放细菌弹战俘的供词。

一天，在平壤一间地下室，调查团审问了被俘的美国飞机驾驶员奎恩。

调查团问奎恩："你能证明美国投放了细菌战武器吗？"

"能证明。"奎恩回答。

"怎么证明？请提供事实。"

"我本人就接受过这样的任务，驾驶飞机在朝鲜战区投掷过细菌弹。"

"是什么形状的细菌弹？"

"通常是圆柱形的纸筒或纸包。"

奎恩指着桌子上的一件实物说："就是这种东西。"

"你知道它对人的危害吗？"

"想必是残忍的。"

"你知道有国际协议，禁止使用细菌武器吗？"

"不知道。我很懊悔我的不人道行为。"

接着，另一个美国士兵奥尼尔也向调查团作了相同的证词。

在两个多月的时间里，国际科学调查团踏遍了朝鲜北部的千里江山，调查了数百的证人，观察了遭受细菌武器袭击的近百个现场，取得了大量的证据，复查了实物标本。

8 月中旬，国际科学调查团从朝鲜回到了北京。

钱三强和国际科学调查团的成员共同撰写了调查报告。

当年，美国政府正在奉行杜勒斯的实力地位政策，麦卡锡主义的迫害肆无忌惮。美国的一些盟国，虽有自己独立自主的立场，但在很多事情上仍不得不遵从美国的意见。

如果这个国际科学调查委员会的成员将美国制造细菌战的真实情况公布于世界，并签上他们的名字，回国之后，会有怎样的遭遇？

揭露美军罪恶行径

约里奥·居里先生高级专员的职务已被法国当局解除了，其他人会不会也遭受同样的命运呢？

科学家们的顾虑是可以理解的。因为美国当局可能对签名者进行报复，或者操纵盟国搞迫害，他们是完全做得出来的。

但是，签不签名，对这份调查报告却事关重大。如果不签名，国际上对其中的事实缺乏信任感，而且可能会被美国的媒体恶意扭曲。

钱三强首先找了李约瑟这位中国人民的老朋友，通过他做必要的说服工作。

"教授，您对报告书签名问题怎么看？"

"我主张应该签名，这是惯例，也是对事实负责任。但是，有人不同意签名，是有原因的。"李约瑟的观点是明确的。

"科学调查委员会是对国际和平理事会负责，如果交一份不签名的报告，会是怎样？"钱三强以联络员身份，做了恰当的提醒。

"当然不好。"李约瑟说，"这样吧，我们再分头做些解释，相信委员们会签名的，因为参加这个科学调查委员会的科学家，都是为支持正义而来。"

8月31日，调查美国在朝鲜和中国发动细菌战的国际科学委员会，在北京举行报告书签字仪式，各位科学家都庄严地写下了自己的名字，为维护真理和正义，他们把个人安危置之度外。

最终，科学家们的正义感和良知还是促使他们站到了真理和正义的一边。

国际科学委员会的调查报告中提到，根据委员会所能得到的最好的资料，在过去的 5 个世纪里，朝鲜不曾有过鼠疫。距离最近的发生过流行病的中心，是在 450 公里以外的中国的东北，或是在南方 1500 公里以外的福建。

再则，在这个气候之中 2 月要比鼠疫正常的发生季节至少早了 3 个月。

最重要的是他们所发现的跳蚤不是在自然状态中能带鼠疫杆菌的鼠蚤，而是人蚤。

国际科学委员会从中国方面的鉴定和其他材料里，知道日本在第二次世界大战中所用过的，也就是这种人蚤。

委员会在朝鲜时，还被邀请研究了两个专案。

第一件事情，那是在 3 月末，江西的一个农民，在一架美国飞机于夜间在他的村子上空盘旋后的第二天早晨，发现露天 1 米高的水缸里的水面上浮有许多跳蚤。

这位农民大概被这次投放的跳蚤咬过，因为他在几天之后就死于腺鼠疫，经由朝鲜及中国的科学家用病理学和细菌学的检验得到充分证实，这些跳蚤带有鼠疫杆菌。

委员会的委员们曾检查了由上述专家从这个病人体内分离出来的细菌，深信这确实是鼠疫杆菌。他们还检

揭露美军罪恶行径

共和国的 *历程* · 正义绞索

查了病理标本及组织切片。

这个地区及时的卫生措施，阻止了其他病例的发生。

第二个研究的专案，是朝鲜的两个志愿军在淮阳附近一个荒山山坡上，发现了一群很密集的跳蚤。

其分布的地带，指示出它们是从一个慢慢向东北方向落下的容器中投放出来的，但当时没有找到任何容器留下的痕迹。

跳蚤是这样密集，使得地面和他们的裤子上都变黑了，他们对此颇为惊异，委员会后来亲自询问过这两个志愿军。他们回到营房，请求援助的人，用石油和松枝点火消灭了这些跳蚤。

在这个案件中，这些军人用各种方法保护他们自己，并且迅速进行扑灭工作，在大批跳蚤能到达人行道以前，就已经被消灭了。

朝鲜及中国检验队进行的细菌学的检验，证实这些跳蚤带有鼠疫杆菌，这些跳蚤其实是人蚤。

必须着重指出的是：

这些跳蚤，是寄生在人身上的。根据这个昆虫的生态学而言，在房屋外面它们不可能大量出现。

那么在距离人类居所相当远的荒地上，一次就发现了成万数目的人蚤，将如何解释呢？委员们认为这绝不是自然条件集合而来的。

在邻近驻扎的中国人民志愿军，在当天清早 4 时曾听到飞机在当地上空盘旋过，这飞机与人蚤的发现是有关联的。

分析由人蚤传染的鼠疫的流行病学的整个过程，发现缺少了几个正常的环节。

在正常的情形下，一般是鼠疫先在鼠群中流行，然后才发生于人类；人蚤由病人身上得到传染后，然后才能传给其他的人。

通过以上这些事实以及其他类似的事实，得出了一个结论：

委员会没有别的选择，只能下这一结论，即：美国空军在朝鲜应用了和日本在第二次世界大战中用以散布鼠疫很相似的方法。

朝鲜及中国东北的人民，确已成为细菌武器的攻击目标，美国军队以许多不同方法使用了这些细菌武器。其中有一些方法，看起来是把日军在第二次世界大战期间进行细菌战所使用的方法加以发展而成的。

8 月 31 日，用法、英、俄、中 4 种文字精印的报告书在北京台基厂 9 号中国人民保卫世界和平委员会大楼举行了签字仪式。

揭露美军罪恶行径

此前，调查团成员受到了毛泽东、周恩来等中国领导人的接见。

　　9 月 16 日，中国人民保卫世界和平委员会就报告书发表声明，声称：

　　　国际科学委员会关于调查美国侵略者进行细菌战所做的巨大努力及其严谨的成就，对人类是一项重大的贡献，在人类历史上将占光辉的一页。

三、 军民全力抗击

● 蓬莱湖的东面，由侦察分队、观通站，同时
  配合兄弟部队进行扑打、消灭，把湖冰上的
  昆虫，消灭在冰面上。

● 凡是大的动物，他们就用枪打，打死之后，
  集中起来，挖坑填进去，浇上汽油，放火烧
  掉，然后再把土坑填平，彻底消灭。

● 清扫了庭院、房屋，疏通了沟渠，清除了垃
  圾、粪便，填平了污水坑。对厕所加强管
  理，经过一番精心的整理，驻地呈现出一派
  整洁的景象。

出现疫情扩散严重情况

1952 年 1 月 28 日，美国军用飞机在朝鲜平康郡上空盘旋。

下午，中国人民志愿军在平康以西金谷里、内山洞、龙水洞、龙沼洞、伏慕里等地，发现大批苍蝇、蚊子、跳蚤、类似蜘蛛的昆虫和老鼠等。

后来，经昆虫学检查和细菌培养证明：苍蝇为黑蝇，体内带有霍乱弧菌，跳蚤为人蚤，带有鼠疫杆菌。

此后一个月内，在朝鲜北部从东海岸到西海岸、从南到北相继发现带有鼠疫杆菌、霍乱弧菌或其他病菌的昆虫。

据俘获的美空军中尉伊纳克和奎恩的供称，他们第一次向中朝军队投掷细菌弹，是在 1952 年 1 月初。接着，又在伊川、铁原、市边里、平康、金化等地陆续发现了侵朝美军散布的大量带有细菌的昆虫。

根据对这些昆虫实行的细菌学试验，证明这些昆虫带有鼠疫、霍乱及其他传染病菌。据查，从 1 月 28 日到 3 月 31 日，侵朝美军在朝鲜北部散布细菌即达 804 次之多，散布地区遍及朝鲜北方的 7 个道和 44 个郡，主要集中在接近前线的地带和后方重要城市及交通线。

在地面上造成带菌昆虫的密度，有时高达每平方米

1000 多只。

2 月底，美国侵略军竟把细菌战扩大到中国境内。自 2 月 29 日起至 3 月 5 日止，美军先后以军用飞机 68 批 448 架次侵入中国东北领空，在抚顺、新民、安东、宽甸、临江等地散布了传播细菌的昆虫，并对临江、长甸河口地区进行轰炸扫射。

在美军投撒病菌的地区，出现烈性传染病例 384 人，其中死亡 126 人。

3 月 6 日至 7 日，美军又在中国青岛附近散布了细菌。以后，侵朝美军在中国内蒙古、华北、华东、西南以及西北广大地区亦散布了细菌和多种媒介物。

2 月 20 日至 3 月 9 日，在朝鲜北方的居民中，有 13 人被传染患了霍乱，其中 9 人死亡。

2 月 25 日至 3 月 11 日，朝鲜安州郡一个 600 人的村子，就有 50 人被细菌传染患了鼠疫，其中有 36 人死亡。

3 月份，在志愿军中患鼠疫者 16 人，患脑炎与脑膜炎者 44 人，患其他急性病症者 43 人，其中有 36 人死亡。

1952 年初春，志愿军防疫大队队员赵光辉在朝鲜战场发现了第一例鼠疫病人。那天，防疫大队得到消息说，二分部三分站的一个战士连日高烧不退。

赵光辉等 5 人防疫小组立即穿上全套防疫服装赶去现场检查，发现这位小战士发高烧，身上有出血点，两侧鼠蹊部淋巴结肿大，遂向上级报告。经专家检查化验，确诊这个战士被美国细菌武器传染上了鼠疫。

军民全力抗击

防疫大队发现这一病例后，这一地区即被严格隔离控制、灭菌消毒，使疫情没有蔓延。

当时丁荣章正在十一炮团政治处工作，这时他们团部驻在小芹洞，这里地处平康以东、金城以北。

有一天早晨，他们在驻地发现雪地上有苍蝇、跳蚤、老鼠在爬动，他们随即用铁锹铲，将它们埋掉，后来听说山上、树林里还有。

没过几天，丁荣章就病倒了。开始时，他感觉身上奇痒，脱了衣服一看，腰部和腿部有许多红点，但是他没有太在意，接着他整个人就开始感到不适，情绪烦躁，并且开始发烧，体温上升到38.3摄氏度，最高时达到40摄氏度。

丁荣章虽然服了一些药，但都没起到什么作用，接着他就出现了昏迷，头脑有时清醒，有时什么都不知道。

后来，股长、于干事和缮写员都得了同样的病，他们宣教股一下就病倒了4个人，团卫生队感到病情较严重，就将他们送回国进行治疗。

他们是乘团里的卫生车，还有一名卫生员护送，一路上迷迷糊糊，车过摩天岭大山时，还翻了车，翻车时丁荣章却不知道，好在人员都没有受伤。

卫生员爬出卫生车，经过路的车辆、人员帮忙，才将他们和车辆救起。

之后，他们又开车到球场，上了火车，才算安定下来。

由于高烧，丁荣章他们需要不断地喝水，丁荣章在昏迷中，口中不断念着："水！水！"

　　但是，卫生员带的一点水早就喝完了。

　　在火车开动前，卫生员在车站用铁锹铲了许多雪，将每人的茶杯里装满，放在每人的腋下，这样，既降体温，等到雪融化以后，也有水喝了。

　　丁荣章他们所得的病，没有特效药医治，完全靠护理，在朝鲜战争条件下，护理很困难，有的战士就牺牲了。他们到了通化，换上了卫生列车，到黑龙江昂昂溪医院。医院职工和人民群众对他们极其关怀，他们的病情慢慢好转了。就这样，他们在国内保住了性命。

　　由于疫情越来越严重，并有进一步扩大的趋势，志愿军不得不立即采取有效措施进行治理了。

军民全力抗击

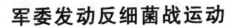

军委发动反细菌战运动

2月18日，聂荣臻向毛泽东等中央和军委领导人呈送报告，汇报美军在朝鲜投放细菌弹的情况和对收集到的昆虫标本检验所得出的初步结论。

聂荣臻在报告中说，美军投放的昆虫标本已经从朝鲜送回北京做进一步检验，究竟带何种病菌，还需要两天时间检验，"据专家估计以霍乱、伤寒、鼠疫、回归热4种病菌之可能性较大。如化验证实，防疫与灭菌工作，急需火速以大力进行"，并请求苏联予以人力、物力援助。

毛泽东阅后，于2月19日批示：

请周总理注意此事，并予处理。

为防止意外，朱德特别批示：

病菌标本"不宜送回，以免传染"。

2月19日12时，应周恩来的要求，总参作战部根据聂荣臻的指示向周恩来呈送了《关于敌人在朝鲜大规模进行细菌战情况的报告》，综合朝鲜战场情况和来自其他渠道的情报，判定美军正在朝鲜使用细菌武器，并认为美军此次进行细菌战经过了长期的准备，并得到日本细菌战战犯石井四郎、若松次郎和北野政藏等人的帮助。

就在同一天，总参作战部接到了志愿军的电话报告：志愿军第十五军部队发现霍乱、斑疹、脑炎等病症，虽无法确定是否为美军所投放细菌引起，但已有两人死亡。

情况越来越严重，特别是死亡情况的出现，已经开始在中朝部队和朝鲜居民中引发恐慌。

尽管对美军投放细菌的检验工作仍在进行，所发现的昆虫中到底带有何种病菌和多少种病菌尚需进一步研究。

但根据志愿军部队的现地观察、来自各部队的疫情报告，通过各种渠道所搜集的情报，特别是防疫专家已经作出的检验结论，中央和军委在综合各部门报告与结论的基础上，判定美军正在朝鲜对中朝部队实施细菌战。

防疫工作非同寻常。一旦爆发疫情，不但将在志愿军部队中引发极大的恐慌，直接影响部队的作战，而且将对战争的进程和结局产生重大影响，这种情况是绝对不允许发生的。

中央军委就是在这种情况下，毅然决策：

全面展开反细菌战斗争。

2月19日晚，反细菌战斗争的总指挥周恩来根据毛泽东的指示，拟订了六项计划：

一是加紧对前方送回的昆虫标本进行检验，做出结论。

二是立即向朝鲜派出防疫队和运送各种疫苗及各类防疫器材。

三是商请朝鲜政府先发表声明，中国政府随后也发表声明，向全世界控诉美国的罪行。

四是向世界保卫和平大会理事会提出建议，发动世界人民谴责美国进行细菌战罪行的运动。

五是指示志愿军进行防疫动员。

六是向苏联方面通报情况，请求予以帮助。

周恩来确定的事项得到了毛泽东的批准，并立即付诸实施。

总参谋部是反细菌战最初阶段的中枢协调指挥机构。

聂荣臻和副总参谋长粟裕在接到周恩来的指示后，当晚，就与外交部副部长章汉夫、总后勤部卫生部部长贺诚等人开会，讨论具体落实措施。

会议最后决定：

将现存的全部 340 万份鼠疫疫苗、约 4082.4 公斤消毒粉剂和其他防疫用具连夜装运，3 天内全部空运安东然后转送朝鲜前线。

再立即赶制1000万份鼠疫疫苗准备分批送到朝鲜。

贺诚负责拟订防疫计划。

章汉夫负责草拟新闻稿、社论及与朝鲜政府协调。

20日上午，聂荣臻、粟裕两人又与苏联驻华总军事顾问克拉索夫斯基、卫生顾问阿萨杜良以及贺诚等人举行紧急会议。

在听取中方情况介绍后，苏联顾问表示完全同意中方的判断和处置。

阿萨杜良肯定美军是在实行细菌战，认为其目的可能是试探志愿军对细菌战的防御能力和细菌的作用。如果志愿军暴露出弱点，对方必将对中国大量使用。

苏联顾问还建议中方必须大力进行防疫工作，成立由政府重要负责人领导的非常防疫委员会，处理有关防疫事宜。克拉索夫斯基责成卫生顾问协助中方确定防疫计划。

除成立政府防疫委员会上报毛泽东决定外，聂荣臻、粟裕对苏联顾问的意见表示同意。

他们决定，总后勤部卫生部应集中力量领导此次防疫任务，与苏联顾问在一起办公，形成指挥所性质的机关。

2月21日，中央军委向志愿军下达进行反细菌战斗争的指示。

指示说：

> 据许多征候看来，敌人最近在朝鲜散布的各种昆虫显系进行细菌战的行动，应引起我们各级领导的高度注意。
>
> 现在虽然还不能最后确定敌人所散布者为何种病菌，但事不容迟。

在获知志愿军已经采取的防疫措施后，中央军委强调：

> 现在的重要问题是必须抓紧每一分每一秒钟的时间，进行细菌散布区的消毒和隔离，克服麻痹大意和侥幸心理。但在部队中则亦应特别注意不要造成惊慌和恐怖。

23 日，周恩来审阅了总后勤卫生部拟订的反细菌战防疫计划大纲，认为原则上可以采用，同时呈报毛泽东，建议反细菌战可以分两个阶段实施：

第一阶段为准备和预防阶段，即在目前病菌尚未发展的情况下，中央先在中央军委内部机构组织总防疫办公室，领导后方进行防疫准备和在前线采取防疫措施。

目前尚不忙在国内做大规模动员和边境检查。如果美国在我公开诉讼后仍继续进行细菌战，则我将立即进入全面采取措施的第二阶段。

周恩来的这一建议，当日就得到毛泽东的批准。

25 日，中央军委再次给志愿军发出防疫指示。

指示说：

> 根据许多事实，如许多部队看到敌人用飞机撒下昆虫，很多昆虫朝鲜人民过去从未见过，且季节上亦过早。
>
> 朝鲜专家的化验报告，敌人所撒昆虫和投掷方法都与敌人以前准备细菌战时所研究的一样。
>
> 敌军也在 1 月中旬集训军医进行瓦斯、细菌等训练等，都肯定地证明了敌人是在进行细菌战。
>
> 因此，目前在朝鲜的防疫工作，首先应是统一对敌人进行细菌战的认识，克服各种右倾思想，如麻痹大意、侥幸和不相信敌人会散布细菌等。
>
> 各级领导干部和机关，必须把防疫工作当做目前部队和居民工作中的首要任务。为此，除在外交上、宣传上中央另有布置外，现将有关前方防疫工作的具体措施规定如下：
>
> 1. 防疫工作分两个步骤进行。第一阶段即

军民全力抗击

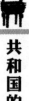
在目前前线病菌不发展的情况下，中央先在军委机构内部由总参、总政、公安部、卫生部等派代表组成中央防疫办公室，战区则由志愿军和人民军联合司令部组织防疫指挥处，东北先由军区组织防疫办公室，以便分别掌握防疫的情况，交换疫情，研究和指导前方的防疫工作和后方的支援工作。

如果敌人在我公开控诉它的罪行后，仍继续撒下细菌昆虫，而前方化验中又更加证实为传染病菌，并不断发现病员和死亡，且数目又日益增多，则我们便应宣布进入第二阶段紧急措施阶段。那时战区和国内都必须组织包括各方面的防疫委员会，以加强对防疫工作的全面领导。

2. 立即动员前方的防疫队和卫生人员速将已送到前方的 340 万份鼠疫疫苗在部队和防疫区居民中进行强迫接种，并进行疫区的消毒和隔离工作，此事应毫不犹豫地进行。

五联疫苗，即霍乱、伤寒、副伤寒 A、副伤寒 B 及破伤风混合疫苗，现正开始包装，约于 3 月中旬可送去 250 万份及霍乱疫苗 500 万份。鼠疫疫苗仍在按计划赶制中，防毒口罩亦在布置赶做。

3. 应加强防疫的情报工作，除各级防疫组织和卫生机关必须随时将防疫情况报告外，在战区的适当地点必须组织若干化验室与检疫站，并由志愿军卫生部组成若干机动的化验组和防疫队。

为此中央正在组织京、津及其他大城市的化验专家成立若干化验组前往志愿军司令部。东北防疫队已抽150人分赴安东、长甸河口、辑安、临江、图们设站外，另350人已集中长春训练待命入朝。

4. 指定几个专门医院作为防传染的预备医院，准备收容和隔离病人。

5. 部队中和居民中的防疫教育极为重要，必须认真地进行。

但同时应特别注意不要造成惊慌和混乱。

总之，我们不管敌人的细菌战进行到何种程度，也不管有无病员发生，都必须迅速而坚决地进行防疫工作，不容有任何的犹疑和动摇，否则即易发生损失，陷于被动。

至于具体措施，则请彭德怀酌情处理并告。

在接到中央军委的指示后，志愿军展开了轰轰烈烈的反细菌战运动。

军民全力抗击

志愿军部署反细菌战任务

志愿军在抗美援朝中，取得了五次战役的胜利后，对方黔驴技穷，在志愿军夏、秋季攻势中，美军开始了细菌战。

对方开始时只是在小范围内散布细菌。

在志愿军的阵地上，曾见到过一些飞机空投下来的东西，如糖果、干鱼、干虾之类的东西，这些东西经我卫生部门化验，发现里面都带有大肠杆菌。

还有些从空中散发下来的毛衣、毛裤、毛袜等日用品，扔在我军的阵地上。

志愿军司令部通报，在朝作战的各军阵地上，都发现有这种情况，甚至在我国的东北地区也有这种情况的出现。

之后，志愿军部队就开始了进行反细菌战的教育和采取了一些防范措施。

对对方投下的食品、小日用品捡回一些，装在木箱里，运回国内化验。

同时规定和通知所属部队对对方散发的这些东西，一律不得食用，要求把这些东西一律集中起来用火烧掉；对于投放下来的小动物、昆虫等，消灭后，再挖坑深埋起来。

志愿军还对朝鲜人民普遍开展宣传教育，告诉他们不要食用对方空投的食品，以免中毒，特别要管理好家里的小孩。

第四十二军还首先在其阵地晓星山发现美军投放的爆炸物。

有一次，在第四十二军的阵地上发现了像爆竹一样的连珠炮弹挂在树枝上，这种炮弹一不小心就会爆炸。第四十二军电话架线班，曾遇到过这种情况，被炸伤 3 人，牺牲 1 人。

之后，在其他志愿军部队中也发现了这种情况。这说明对方与志愿军在军事上的较量遭到失败以后，他们又采取多种形式向志愿军发动进攻，企图消耗志愿军的有生力量，降低志愿军的战斗力，达到涣散志愿军军心的罪恶目的。

对方发动的细菌战引起了志愿军各级领导高度的警惕，志愿军司令部指示：

要积极加强党政军民各方面的宣传教育，要一齐动员，携手进行反击美军的细菌战，要在政治上、思想上、组织上进行充分准备。

为粉碎美军的细菌战，志愿军成立了专门的机构来进行具体负责。

1952 年 3 月 1 日，志愿军成立了总防疫委员会。

军民全力抗击

委员会由邓华、韩先楚、王政柱、卓明、洪学智、吴之理等7人组成。并确认以邓华为主任委员，韩先楚、吴之理为副主任委员。

志愿军总防疫委员会具体掌握对方散布细菌情况，研究对策，督促检查防疫工作的进行。

另外，全军分级成立了防疫检查组织，先后成立了包括细菌专家和昆虫专家在内的基地检验队，并向东、西、中线，派出3个前线检查队志愿军防疫大队，派出3个小队配合东、西、中线的前线检查队工作。

各军、后勤分部成立中型防疫队。

各师、后勤兵站成立小型防疫队，团成立检验组，连设立监视哨和侦察扑灭组。

在全军范围内，从兵团到团都成立了防疫委员会，营、连成立了防疫小组。

全军计有大型防疫队2个，中型防疫队22个，小型防疫队74个，侦察扑灭组和监视哨各约3000余个，组成了一支强有力的防疫队伍。

志愿军还广泛进行宣传教育和防疫卫生知识的教育。卫生宣传则运用生动活泼、灵活多样的形式进行反细菌战宣传，例如组织显微镜下连，举办图片展览，演唱反细菌战的快板、小曲，演出话剧，出墙报，放映幻灯片，开展阵地广播等丰富多彩的形式，取得了非常好的宣传效果。

志愿军还贯彻以预防为主的方针，采取专业队伍与群众相结合的方法，开展卫生防疫活动。

普遍实行预防接种，志愿军指战员预防接种率达92%以上。

划分防疫区，实行分区负责制，开展军民结合的卫生防疫活动。

决定建立健全疫情的报告制度，志愿军总防疫委员会规定：

各单位必须利用最快的通信工具，每日18时前向上一级防疫委员会报告新发现的疫情。

收集美军飞机或大炮投撒毒虫的地点、时间、面积、虫灾和疫病情况；

各单位要积极收集美军投撒的各种毒虫和容器，送志愿军卫生部化验；

各兵团和军卫生机关化验结果及玻璃片注意保存上送。

同时由上级对新发现的病毒进行及时通报，使下级能够及时地采取防范措施。

建立定期消毒、注射、化验和隔离制度。

规定疫区人员必须定期消毒、定期化验和定期注射疫苗。

反细菌战开始后，为建立健全检验机构，加强各级防疫队伍，志愿军后勤按纵深梯次先后设立了7个传染

军民全力抗击

病医院，每军将一个医疗所改为传染病医院，各师指定床位，专门收容传染病员，各团、营、连也设有临时的隔离室。

为了防止疫情蔓延，志愿军先后在 11 个交通要道设立了检验站，严防疫情扩散到营区。

由于志愿军高度注意疫情的蔓延、传染等，美军罪恶的细菌战逐渐走向了失败。

医护人员支援前线反细菌战

1952 年 1 月 28 日开始，美军飞机在朝鲜前线和志愿军后方上空、中朝边境以及我国辽东等地大量投放各种带有鼠疫、霍乱等病菌的毒虫，发动了细菌战争。

对美帝国主义发动的细菌战，全国人民无限愤慨，上海医学院同学在林飞卿教授领导下召开声讨美帝国主义暴行的大会。

上海市科协、医务工作者抗美援朝委员会召开座谈会，会议由颜福庆主持。

细菌学家林飞卿、药学家张昌绍等众多专家参加了这次会议。黄家驷作总结发言，他号召上海市科技界、医务界统一领导，在需要时上前线去。

随后，上海市科技界、医务界成立细菌战防御委员会，推举林飞卿、沈克非、黄家驷、钱悳、颜福庆等 90 人为委员，沈克非为主任委员。

沈克非表示："我以十二万分的决心，保证完成这一任务。全市的科技界、医务界和上海市人民一定会积极参加这一工作，彻底粉碎美帝国主义的无耻阴谋。"

1952 年 2 月，上海派出包鼎成、严家贵、程德成、肖家春 4 位教员参加中国志愿防疫检验队，赴朝鲜前线执行反细菌战任务，后来他们分别获得朝鲜民主主义人

军民全力抗击

民共和国二级国旗勋章和军功章。

林兆耆回上海后，得知美军在朝鲜发动细菌战时，他在很短的时间内赶写出版了一本《急性传染病手册》，陈毅市长还专为该书题字。

1952年2月23日，上海市抗美援朝志愿医疗手术总队第八、九、十、十一大队即将出发前线接替第四、五、六、七大队的任务。

上海各界人民代表2000人在复旦大学大礼堂举行欢送大会，颜福庆、金仲华、王聿先在会上致辞，向热爱祖国赴朝服务的医务人员致意，并祝其成功。

1952年3月10日晚，第十、十一大队出发，第十一大队抵达齐齐哈尔东北军区后勤卫生部军医学校，及第二陆军医院接替第七大队志愿医疗队工作。他们的任务是在二、七大队所建立的基础上，将第二陆军医院之医疗工作与东北军区军医学校的教学工作继续巩固发扬。

由于军医学校创立时间短，各方面经验不够，所以对学校的协助较重于医院。其时医院已成为军医学校的教学医院，拥有病床600张。

第十一大队全体医疗队员在做好教学工作的同时，协助部队医院疑难病例的正确诊断，参与重要手术；担任或协助护理工作；协助改进各部门的工作常规；着力提高在职干部的业务水平和举办业务讲座。

当时医院的伤病员大多数已经经过七大队的诊疗，一部分由他院转来的新病员由十一大队实行手术和诊疗，半年来共实施手术261次，医疗效果良好。

1952年9月15日，上海第三批抗美援朝志愿医疗手术队完成任务回校。学校从1951年1月开始的抗美援朝医疗工作胜利结束。

其间，医疗手术队除承担繁重的医疗任务为志愿军伤病员服务外，还积极担任了培养部队医务干部的教学工作，使他们掌握了做诸如肺叶切除、骨折切开复位等大手术的方法。

在与志愿军战士接触的日子里，队员们的思想觉悟也得到很大提高，其中有31人立功。

而留在后方的工作人员也积极支持前方工作，肩负起繁重的医疗任务，在抗美援朝中尽了自己的责任。

军民全力抗击

投入反细菌战特殊战斗

1952 年 1 月 27 日傍晚，大批美军飞机相继向四十二军的阵地展开俯冲，只见对方飞机轮番俯冲，但不见它向四十二军阵地扫射和投弹，这是很异常的情况。

四十二军所属上下各部，前沿、后方都向军里报告了这一情况。

四十二军也将这一情况向志愿军司令部作了报告。

彭德怀亲自接了电话，吴瑞林军长向彭德怀报告说："敌人飞机向我阵地低空俯冲，其次数之多，是前所未有的。"

彭德怀说："我住的地方也和你处的情况一样。"

彭德怀马上又问："铁原、华川之间之敌有无增加，有什么变化？"

吴瑞林军长回答说："部队的观察站和我军的观通站报告，在 18 时之前，没有看到公路上有车辆增加，情况和往常一样。"

彭德怀说："你稍等一下，我看看电报。"

过了 3 分钟左右时间，彭德怀又拿起电话对吴瑞林说"你军的东侧、西侧，均像你军的情况一样，因此我考虑到，今天晚上的情况特殊，东线西线都有，前方、后方亦有，但是后方少于前线，这是敌人今天晚上用飞机在我前线后方进行扰乱破坏活动，使我军不得安宁，这可能是敌人搞的神经战。"

彭德怀又说："明天敌人可能以你军正面为主，打原子弹。他的机械化部队可能在汉城到涟川一带集结，使用他的主力，在打了原子弹以后，对我军进行突然的进攻。敌主力先向你阵地进攻，然后再向我多路进攻。"

"我们也做了这方面的考虑。"吴瑞林回答说。

彭德怀说："好，你们要做最困难的准备。"

彭德怀接着交代说："你们要注意控制公路，控制坦克。敌坦克可以不通过公路，能从 45 度以下的山坡上冲过来，这样冲击你军的纵深，再冲向总部方向来。

"在你军的东西平康以南、伊川以西，这两个小盆地，特别是玉洞里这块小盆地，美军的空降部队，可能在你军的侧背和志愿军总部之间空降，配合正面进攻。"

吴瑞林回答说："我已根据你的指示，各准备了一个坦克营，一个喀秋莎营，一个 12 管火箭营来对付敌人，我让一二四师、一二五师各准备了一个团，就是三七二团、三七三团，必要时再增加一个团。"

彭德怀满意地说："好，看情况的发展吧，我等待你的报告。"

听完彭德怀的电话指示以后，吴瑞林立即向四十二军指挥员作了传达。

四十二军的指挥员，再采用分头传达的方式，向部队进行传达。

军民全力抗击

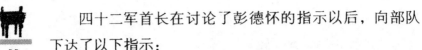

四十二军首长在讨论了彭德怀的指示以后，向部队下达了以下指示：

1. 部队处于一级战备，连、营、团、师干部轮流值班，进入指挥所。部队休息待命。

2. 第二天早4时吃饭完毕，准备打大仗，打恶仗。

3. 准备打空降部队，使用坦克团、喀秋莎团、步兵三七〇团和三七三团。

4. 工兵连进入防坦克爆炸点待命。

吴瑞林将这些工作部署下去后，又问了一下前面的情况。前线和各观通站来的报告，都说没有任何变化。唯一的情况是美机在俯冲时，发出了一种非常刺耳的尖叫声。

吴瑞林刚刚了解完四十二军的情况，志愿军司令部来电话了。

彭德怀亲自打电话给吴瑞林，他问："你是吴瑞林同志吗？"

吴瑞林回答说："是，我向你报告，前面情况，仍然没有变化，飞机还在连续俯冲，就是声音尖叫刺耳，与前不同。"

吴瑞林把四十二军部署的情况，向彭德怀作了汇报。之后，吴瑞林说："我军的部署已经传达到连队了。"

打电话时是 24 时左右。

彭德怀同意四十二军的部署。

1952 年 1 月 28 日的早晨，彭德怀再次给吴瑞林打电话，吴瑞林当场接了电话。

彭德怀问："你是吴瑞林同志吗?"

吴瑞林回答："是的。我向你报告我军情况。"

彭德怀说："志愿军领导同志都在此，有事你讲吧!"

吴瑞林说："从第一线到我军部以北，普遍发现密密麻麻地布满了苍蝇、蜜蜂、小狗、小猫、小猴子，有活着的，有冻死的。"

司令部的首长们听吴瑞林讲明情况后，立即派人到外面看看志愿军司令部驻地有没有。

吴瑞林说："我的洞门口就有很多，现在正在消灭中，并对下面布置如何扑打消灭。我已告部队把这些小昆虫、小动物，打扫、堆积起来，有的装入废纸箱中，然后再挖土坑，放进坑里烧死它们。

"我的门口已经扫起来了。蓬莱湖边上的都扫起来，放火烧，蓬莱湖中间的冰上，用炮打，把它消灭在湖底。或者用手榴弹、小包炸药炸。我军防区已动员全体人员进行捕打，要求坚决地就地消灭。"

彭德怀说："好!"并说："我们这里亦有，我们也开始捕打，烧毁。"

彭德怀随后在电话中作了如下的指示：

军民全力抗击

1. 这是敌人向我搞细菌战、神经战。要向干部战士上上下下都讲清楚，我们连美帝国主义都不怕，还怕他搞什么细菌战吗？还怕他用苍蝇、蚊子、小狗、小猫的威胁吗？

我同意你们的措施，要坚决地彻底地就地消灭。蓬莱湖上的，可以用炮打，也可以用轻机枪扫射，绝不能使这些东西上岸。

2. 要动员全体干部战士行动起来，就地消灭。要挖两三米深的坑，把这些小昆虫、小动物打扫到里边去，浇上汽油，放火烧，然后再盖上土，埋起来。

3. 控制水源，防止中毒。

4. 控制食品，凡经小昆虫小动物爬过的食品，一律禁止食用。

5. 组织高射炮和轻重机枪，打击敌人飞机，使其不能继续空投。重炮、榴弹炮，都要面对铁原，防止敌人乘机向我进攻。

如敌进犯，必须坚决消灭之。

6. 如有新情况及时报来。

彭德怀还告诉吴瑞林说："陈赓、邓华、甘泗淇他们都问了部队，他们说志愿军司令部驻地与你军防区一样，到处布满了小昆虫、小动物。最多的是蓬莱湖、晓星山和 394.8 高地。其他方向都有，但没有你军防区和志愿军司令部驻地那么多。"

吴瑞林让参谋人员把彭德怀的指示一句一句地都记了下来。

之后，四十二军党委立即召开了会议对彭德怀的指示进行讨论，提出了如下的贯彻措施：

第一，军、师、团、营、连各组织两套班子，一套负责指挥作战，一套负责指挥灭菌消毒工作，组织打扫、挖坑、火烧、土掩。

第二，高射炮、高射机枪，负责对空。

喀秋莎团和坦克团、火箭炮团，要掩蔽起来，不要暴露，他们仅负责他们本营区的消毒，待命执行作战任务。

第三，按彭总的指示，官兵一致，上下一致，军民一致，做到认真彻底地把美军投下的这些昆虫和小动物打扫干净。

消灭病菌源，把坑道洞口都装上门，加以封闭，包括当地群众的洞子，也要他们装上门。先打扫外面的，再清理洞口内的和爬进房内来的，要彻底消灭，防止繁殖。

第四，一二六师，属于我第一防线，他们防区发现的小昆虫、小动物最多，特别是394.8高地最多，规定他们要一律封闭洞口，可以动用洞内的储备粮和水。美军不进攻，部队不

军民全力抗击

出来。

第五，蓬莱湖湖面全部冻结，冰上布满了小昆虫。湖中心的可以用枪炮打。

划分地区，分片负责，从湖中心到湖北部，由一二四师负责。湖南的狭窄部分，由一二六师负责。蓬莱湖的东面，由侦察分队、观通站，同时配合兄弟部队进行扑打、消灭，把湖冰上的昆虫，消灭在冰面上。

第六，控制水源。凡是吃用泉水的地方，要把昆虫污染过的水除尽，然后加盖密封。

凡食用井水者，要把被污染了的水井填掉，再重新挖井，亦要加盖、密封。

第七，对厕所一律进行处理。先放火烧，再用土填平。然后重新挖新厕所，再加盖、密封。

第八，每天向上级报告情况6次，特殊情况及时报告。

第九，凡粮库、食品、仓库都要加以整理。凡用帆布做库的，在帆布库边上都要加土压边，加门封闭。

凡是经昆虫爬过的粮食和副食品，一律不得食用，待处理后再用。

第十，在几个交通要道上，设立宣传站，对过往人员进行宣传教育，要其一律遵守防区的规定。说明这是全军的防毒措施，要人人遵守，不得有误。

第十一，要求每人都要做到饭前洗手，饭后漱口，讲究卫生。

第十二，对我防区的所有群众，一律由部队分工负责，分片包干，要求按部队同样的要求，去消毒灭菌。

然后将这十二条立即上报下达，传达到全体指战员，动员全军行动起来。

两个小时后，接到志愿军司令部首长的指示：

对你们的十二条措施，已通报各军。你军不再发，望照你军措施办。

1952 年 1 月 28 日中午，彭德怀又给吴瑞林电话指示：

敌人搞细菌战的目的，是对我搞神经战和精神战，是要借此造成我军的混乱，目的是向我军发动军事进攻，来配合他的"谈判"。

根据现在了解的情况，敌人施放细菌的地区，主要是在铁原三角地带，由你军前沿，到我的住处，这是重点的重点。

其次是你军的两侧，西侧的夜月山、天德山四十七军阵地，东边的二十六军的西方山、上甘岭，到平康。

其余，东线和西线亦有，后方亦有，但都比较少，敌人想利用细菌战引起我军的恐惧，扰乱我军心。

敌人在军事上要搞，还是在你军防区为主。你们的晓星山有个 394.8 高地，是一把锋利的尖刀，插向铁原。

敌人亦有一把尖刀，那就是 281.2 高地，插在你军和四十七军之间，亦是插入我之心脏，敌人企图利用这把尖刀杀进来，然后向两翼发展。

你军的 394.8 高地东侧的蓬莱湖，是个有利点，亦是个不利点。有利之处是可以用水来阻止敌人的步兵，不利的一面是敌人可用水陆两用坦克车冲过来。还可能从 281.2 高地冲过来，把 394.8 高地和晓星山的峰腰部位给卡断。所以要引起严重的注意。

在发现细菌战的 28 日 15 时，志愿军党委发出如下指示：

1. 敌人向我搞神经战、精神威胁战，是给我以空中和地面的威胁，其中暗藏着一个军事目的，就是他企图在我军进行消灭细菌的过程中，向我搞突然袭击，以配合他在开城的谈判，迫我接受他们提出的苛刻条件。

我们的态度是，细菌要消灭，敌人的进攻，亦要彻底打垮，以利于我方谈判的形势。

2. 一定要用战场上的"打"，迫使敌人进行桌面上的"谈"。

只有在战场上取得胜利，才能取得桌面上谈判的胜利。要向全军干部战士讲清这个道理，以求得"打"与"谈"的双胜利。

3. 组织两套班子的办法是好的。一套是准备打仗消灭进犯的敌人的班子，一套是反细菌战的班子，只有这样才能取得战场上的主动权和反细菌战的主动权。

4. 要从政治上、思想上加强对全体人员的教育，首先是我们要不怕敌人。

今天我们有打的条件，亦有谈的条件，反细菌战，我们更有条件。战争最艰难的阶段我们已经渡过了，今天我们有条件战胜敌人的军事进攻，也更有条件战胜敌人精神上的进攻。

5. 有党中央、中央军委和毛主席的领导，中朝两国人民的支援，全世界爱好和平的人民的支持，我们一定能够战胜敌人。

军民全力抗击

志愿军党委号召全军要打垮美军军事上的进攻、精神上的进攻，更不怕美军打原子弹的进攻。只要我们能做到上下一致，官兵一致，军民一致，无论敌人实施什么样的进攻，我们都可以粉碎，胜利是属于我们的。

自28日到30日，我军防线从第一线到纵深，美军飞机在我防区所投之带菌物体基本上得到了消灭。部队一方面进行反细菌战的具体工作，一方面进行反细菌战的思想教育。

经过实际斗争和教育之后，部队的紧张情绪，已经稳定下来。经过对军党委指示和志愿军党委指示的传达教育，大家在认识上普遍有所提高。

战士们一致说：

细菌是人搞出来的，我们是人，也一定能够消灭细菌。

战士还普遍反映说：

在第一、二次战役中，美军使用了毒气弹，我们进行防毒气弹的斗争，结果美军的毒气弹，并没有什么了不起，它并未伤损我们的毫毛。

这次美军又施用了"细菌战"的新花招。美军的细菌战，亦是吓不倒我们的，我坚强的

092

　　　　志愿军和朝鲜人民军，既不怕毒气弹，也不怕细菌战，也不怕气浪弹和原子弹。

　　　　美军再次空投，甚至打原子弹，我们都不怕，我们都做好了充分的思想准备。

　　战斗英雄白文林、冷树国、关崇贵等都发出了豪言壮语：

　　　　美军在我阵地上，现在就差没有放原子弹了，他就是向我们这里施放原子弹，我们亦早就做好了准备。

　　从部队的反映来看，细菌战不但没有动摇志愿军的军心，反而更加提高了志愿军战胜对方的斗志和信心。

　　军首长认为这主要是贯彻了志愿军党委和彭德怀的指示精神，就是要揭露对方以细菌战做烟幕，所隐藏着向志愿军进攻的野心；四十二军树立了以打为主的指导思想和战斗准备。

　　在两天两夜的紧张的反击美军的细菌战中，四十二军高炮部队击落对方飞机 2 架，击伤美机 3 架，四十二军仅伤亡 10 余人。

　　四十二军一二六师在晓星山和 394.8 高地，还杀伤了进攻高地的"联合国军" 10 余名，打伤美军侦察坦克 10 余辆。战士们亲眼看着美军的坦克屁股上冒着烟，慢

军民全力抗击

腾腾地爬回去了。

志愿军部队对美军投掷细菌附着物较多的蓬莱湖，采取了群众在冰上炸鱼的办法。

具体做法是在木架上绑上油灯，牵上铁丝，到冰上去捉捕小动物。

令志愿军感到可笑的是，对方的侦察机误以为是志愿军的汽车在行动，就调来轰炸机投放下 10 余吨的炸弹，把蓬莱湖上的冰全部炸碎。

这使得志愿军自己难以解决的蓬莱湖冰上的细菌问题，在美国轰炸机的"帮助"下给解决了，那些炸弹把冰炸碎，细菌附着物也跟着全部沉入湖底了。

吴瑞林将四十二军第一次反细菌战的小结上报志愿军司令部党委后，志愿军司令部首长和彭德怀在批示中指出：

> 敌人搞细菌战并不可怕，只要我们认真对待，我们是完全可以战胜的。
>
> 这只能说明敌人对我进行神经战、精神威胁战，我们识破了敌人的这一阴谋，所以我们取得了初步的胜利。

1 月 30 日，对方的高空侦察机在四十二军阵地上空盘旋，很像 1 月 28 日美军对其空投前的情形。吴瑞林发出命令，要部队做好迎接对方再次空投的准备。

这次，四十二军将缴获对方的防毒衣和防毒面具从后方运了上来。

第一线的连队，每连发 10 余套；第二线的部队，也发了四五套；所有通讯员、观察员均发了防毒衣和防毒面具，做好了充分的思想准备和行动准备。

到了 21 时，对方果然开始空投了。这次空投的特点是：

美军先采取高空投弹，对志愿军阵地进行轰炸，然后美机再低空俯冲，投下细菌附着物。

这次投下的以走兽家禽、飞行动物为主。

走兽如小羊、小狗、小猫、小兔子等；家禽如鸡、鸭、鹅等；飞禽有鸽子、麻雀、斑鸠等。

此外，还间有一些破烂衣服和旧棉被。

由于四十二军上下做了比较充分的准备，用高射炮和轻重机枪打击美机，美机害怕，所以这次投在蓬莱湖湖面上的多，投在四十二军阵地上的相对较少。

在四十二军阵地上，美军还投了些松树枝、柏树枝等。四十二军对在阵地上发现的以前没有过的东西，都作为细菌的附着物处理。

根据观察美机飞行的方向，判定对方这次投放的重点，还是以四十二军防线和志愿军总部驻地为主。

四十二军根据对方这次细菌战的不同特点，采取了不同的对策。

凡是大的动物，他们就用枪打，打死之后，集中起

军民全力抗击

来，挖坑填进去，浇上汽油，放火烧掉，然后再把土坑填平，彻底消灭。

对小动物还是靠志愿军战士，穿着防毒衣，戴着防毒面具来捕打。

对方在战术上也有了变化，美机在白天出动的次数增多了，它们开始俯冲扫射、打伤志愿军扑打人员，对方的炮火轰击也增多了。

对此，志愿军也采取了相应的措施。他们用高射炮、高射机枪对准空中的飞机狠狠地打。

对"联合国军"的地面坦克，志愿军坚决固守阵地，不允许对方接近防区半步，掩护步兵消灭细菌附着物。

经过几天的紧张战斗，四十二军取得了第二次反空投细菌的胜利。

不但对方所投之带菌物完全消灭了，又击落了美机一架，击伤美机两架。四十二军左侧、右侧的兄弟部队也都取得了反细菌战的胜利。

志愿军党委发出第二次反细菌战的总结。

这次总结指出：

1. 敌人两次投放的细菌，都被我中国人民志愿军和朝鲜人民军及中朝人民所扑灭。

特别是处在第一线的部队，是空投区的重点部队，扑灭敌细菌的效果比较好。因此受细菌的感染比较少。他们对敌采取了针锋相对的斗争，对俯冲的敌机和冲出来的敌坦克，都毫不犹豫地采取了坚决"打"的方针，给以应有的惩罚，取得了胜利。

美帝国主义在朝鲜战场上施用细菌战，可能在较长的时间继续下去。

敌人两次空投，对我第一线部队来说，敌人的收效不大，我军的损失亦不大。相反的还更加鼓舞了我军的斗志，提高了对战胜敌人施放毒气和施放细菌弹的作战信心，甚至也不怕敌人施放原子弹。我们防细菌战的设备也日趋完善。

诸如，防线的储粮，储水，储存弹药，封闭洞口、井口，封闭厕所等都做得井然有序，做了较长期的和一系列的准备，这些准备工作都是成功的。但还要在此基础上做些改善和加强。

2. 估计今后敌人还会对我第二线部队和群众居住地带，投放细菌弹，所以要加强对二线和群众村落地区的预防工作，要把损失降到最低限度。

第一线部队还要准备粉碎敌人的进攻，也要准备敌人的再次施放，绝不能停下来。特别是铁三角9个军，都要很好地组织高射炮、高射机枪，打击低空敌机飞行。

军民全力抗击

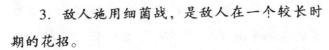

3. 敌人施用细菌战，是敌人在一个较长时期的花招。

志愿军党委决定以邓华副司令员为主任委员，负责这一工作的领导，各军亦要指定专人负责这方面的工作。

根据这个指示的精神，四十二军党委决定由四十二军副政委郭成柱任主任，政治部宣传部长吕彬、作战处副处长边克强也都参加了这方面的工作。

同时，四十二军还积极收集各种类型的细菌标本，装箱运回国内的专门机构进行化验。

这为中朝方面从政治上揭露美帝国主义的阴谋，提供了有力的证据。同时，也配合了朝鲜人民民主共和国政府和中华人民共和国政府，在国际上进行反对美帝在朝进行细菌战的政治斗争。

志愿军四十二军还呼吁世界红十字会和中国红十字会，派人前来调查，向全世界揭露和控诉美军的暴行。

四十二军通知各部队准备好材料，尽可能多地收集资料，准备迎接红十字会的采访人员到防区采访。他们力求做到既要有实物，也要标明时间、地点，特别是对各种类型的病菌标本的制作，都要做好，陈列出来，既供采访人员参观，又允许他们带走，以此来配合政治斗争。

他们还把我军在反细菌战中牺牲的同志的光荣事迹

突出进行表彰、宣传。

1952 年 2 月 4 日，美军的高空侦察机，在四十二军阵地的上空，整天盘旋，其情形又和前两次一样。四十二军断定美军是要对他们阵地做第三次细菌投掷，他们随即将这个情况上报了彭德怀。

彭德怀同意他们的判断，同时对四十二军作出指示：

　　对敌人的第三次细菌投掷，我们要给他点颜色看看，就是说，要给敌人低空俯冲的飞机以打击。

四十二军首长根据彭德怀的指示，对各师团都作了部署，以高射炮、高射机枪、轻重机枪，组织密集的火力，对低空俯冲的美机给以严厉的打击。

四十二军首长要求各师、团首长要亲自掌握情况，号召各师团响应彭德怀的指示，来一个打击美机低空俯冲的比赛。

同时要严格控制，只限于打低空俯冲的飞机，要注意节省炮弹和子弹，准备迎击美军连续空投后的军事进攻。

四十二军首长告诉大家，只有粉碎美军的军事进攻，才能巩固反细菌战的成果，要以战场上取得的胜利来配合桌面谈判取得的胜利。

美国这次与志愿军谈判，也是由于志愿军打了胜仗，

军民全力抗击

迫使美国不得不坐下来。

四十二军首长要求各师、团干部亲自部署，并将部署的情况向军司令部报告。

各师团，特别是高炮部队要于当天 16 时前将准备的情况，包括参加指挥的人员与打美机使用弹药的计划，报到军司令部。

第一线部队，如 394.8 高地和晓星山，要做到绝对的美机俯冲时才打，一二六师要精确把握，不能有任何差错。

最后，四十二军各阵地按照首长的指示，普遍地对低空俯冲的飞机，给以有力打击，击落美机 1 架，击伤美机 3 架，战士们眼看着它们冒着烟火，向南逃去，活捉了美机驾驶员克洛斯。

克洛斯说，他们很怕志愿军的对空打击，便在志愿军火力的空隙和薄弱点上俯冲投放，所以投放在蓬莱湖上的最多。吴瑞林立即把这个情况报告给了彭德怀。

彭德怀高兴地说："好啊，这是我们给敌人以颜色看，收到了效果。"

随后，彭德怀命令将俘虏的美驾驶员送入战俘营处理。

彭德怀又指示：

> 你们可以用高音喇叭向敌人喊话，揭露敌人投放细菌的情况。

于是，四十二军在前沿阵地上架起高音喇叭，用英语喊话，向对方下层军官和士兵揭露其统治集团的阴谋：

> 美军官兵们，你军违背了你们的心愿，也违背了国际公法，你们上当受骗了，你们投放的不是宣传弹，而是灭绝人性的、伤害人民的细菌，是带有霍乱、鼠疫等病菌的，你们这样做是违背人道的。

同时，四十二军告诉他们：

> 我们俘虏过来的驾驶员克洛斯已受到我军的优待。

这些喊话，竟然收到了良好的效果。在 281.2 高地上与四十二军对峙的美军，在两天之内，炮火都是往天上打，或者是无目标地乱打。

对方第三次投放来的，仍然是些小动物、小飞禽，如老鼠、麻雀之类，多数投放在蓬莱湖中，被志愿军部队及时地捕灭了。

经过三天紧张的战斗，我方粉碎了对方第三次向志愿军防区的空袭和空投。

在反细菌战开始以后，三十八军军长江拥辉每天都

军民全力抗击

亲自听取下面的汇报，组织一场新的战斗，以粉碎对方的细菌战。

2月19日，三十八军三三四团和三三七团驻地先后发现了细菌弹壳和带有细菌的昆虫。经过化验之后发现，这些昆虫身上均带有鼠疫、伤寒、痢疾、霍乱等病菌。同时三十八军还发现对方向其驻地井里投放毒药。

不久，在三十八军和群众中发现了肺炎、痢疾、伤寒、斑疹、回归热、天花、白喉等传染病。

2月26日至29日，三十八军指挥员连续下达了紧急防疫指示及补充指示，说明了细菌的危害性，要求全军既不要有丝毫麻痹大意的心理，也不要因此而惊慌失措。

他们组织战士们立即采取紧急行动，对美军细菌战展开了全面切实的战斗。

三十八军各单位建立了对空监视哨，对食用水井派遣了专门的岗哨，还组织了军内防疫、群众防疫、疫情侦察、宣传教育等小组，提出了响亮的口号：

细菌就是敌人，防疫就是战斗。

三十八军在驻地200米以内火烧荒草，以消灭各种细菌媒介物的孳生巢穴，清扫了庭院、房屋，疏通了沟渠，清除了垃圾、粪便，填平了污水坑，对厕所加强管理，经过一番精心的整理，驻地呈现出一派整洁的景象。

三十八军要求个人要做到定时洗澡、洗脚、烫衣服、灭虱、剪指甲等，全军除个别人外，都注射了预防鼠疫、斑疹、伤寒五联疫苗等针剂，接种了牛痘。

全军先后建立了浴室、病室、传染病隔离室等防疫设施。驻地群众男女老少一齐动手，投入了全民性的防疫卫生运动。

志愿军除协助群众搞好环境卫生外，还为驻地居民注射了各种疫苗。

群众感激地说：

美国鬼子要我们死，而志愿军为我们预防细菌病毒。

志愿军救济我们粮食，又帮助我们防疫，我们子子孙孙永远都不会忘记的！

这场反细菌战的战斗持续了很久，一天三三七团监视哨发现美军飞机向其驻地飞来，看样子像是要投掷细菌弹，监视哨立即报告给卫生队队长李敏。

李敏在得知情况后，立即命令主治医生徐道义带领两个卫生员和部队一起去侦察、扑打，他们身上穿着卫生服，紧扎着裤腿，拿着燃烧品进入战斗位置开始侦察。

不一会儿，只听到一阵响声，一颗颗细菌弹在团驻地周围爆炸了。随即一群群苍蝇、蚊子等昆虫开始活动起来。

徐道义和大家一起，迎着昆虫跑上去，他们点着火

军民全力抗击

把用力扑烧。经过一阵激烈的战斗，带有细菌的昆虫被全部扑灭。

一天深夜，一一四师宣传队宣传员包光华因打了防疫针反应很厉害，半宿也没睡着。她用手摸摸左肩膀，打针的地方又肿又痛。

忽然，一阵空中马达声像狂风一样从房顶掠了过去，飞机飞得真低！

包光华仔细静听，马达声忽地远了，又忽地近了。她不禁抬头望了望，除了满窗的月光，外面什么动静也没有。

接着对方飞机又掠过两次，她推醒了身旁的向凡。向凡静听了一会儿，说："怎么这么低？"

"叫醒他们上防空洞吧？"

两人急忙披衣坐起来，倾听马达声的去向。大约有几分钟光景，有人从门前急速地跑过。不知在什么时候，马达声已经没有了。

她们俩整理了一下被褥，正要睡下去，忽然响起了紧急集合的号音。

于是，她俩马上推醒张昌华和朝鲜籍同志小赵。她们急忙穿好衣服，此时分队长已拉开门站在外面，紧张地说："戴口罩，带灭菌武器，准备战斗！"

啊，又是对方在投细菌弹了！

队伍已经集合好了，明亮的月光照着雪白的口罩，格外鲜明。

战士们有的拿着扫把，有的拿着竹筷、火把、罐头盒……指导员正在检查每个同志，他自己也是全副武装，袖口裤腿缠得紧紧的，除了拿着火把，腰里还挎着一个照相机。

指导员检查到包光华，想起了她有病，说："小包，你还是不要去了吧？"

包光华拍着她的扫把说："战斗嘛！要让美国强盗看看，到底谁战胜谁。"

她不愿回去，指导员也没再坚持。他走到队列前，像作战斗动员报告说：

　　　　同志们！前几天，我们还只是听说的事情，今天已在我们这里发生了。刚才敌机来绕了3个圈子，水井边站岗的同志亲眼看到它撒下一股股黑烟，落在咱村东山下。

　　　　同志们！现在我们就出发，坚决消灭它！

说着，他扬起火把晃了两晃。

队伍很快来到东山下，就地散开。

月光这么明亮，连在地上爬的虫子也都照得清清楚楚。

咦！哪来这么多虫子呀？飞的，跳的，黑压压一堆又一堆。

指导员、包光华、小赵他们几个正围着一堆铁片观

军民全力抗击

看，旁边还有一些破纸箱，满地的虫子在爬，甚至使他们没有落脚的地方。

他们一面用竹筷子夹着虫子，一面问：

"小赵，你们朝鲜每年都有这种虫子吗?"

"没有，还没到时候呢，而且不像。"

"不像吗?"

"是不像嘛! 苍蝇哪有这么长的翅膀? 蚊子哪有这么多毛? 蜘蛛也没有这么大脑袋呀! 再说，跳蚤跑到野地来干啥?"

他们夹一些放到罐头盒子里，准备送到上面去化验。包光华拨着碎铁片，发现有一块上面还有半截英文字母，惊讶地说：

"哎，是英文字母。"

"妈的，纯粹美国货!" 有人看过之后，粗鲁地骂了一句。

指导员把带英文字母的碎片和苍蝇、蚊子等摆在一起，拿起他的照相机对准它们说：

"这又是一笔不可抵赖的罪证!"

"咔嚓"，镁光一闪，指导员又说："同志们! 我们要像消灭美国鬼子一样消灭这些虫子。"

从山坡到田垄，长宽 200 平方米的地方都有虫子。像组织战斗一样，全队分了 3 个组，组里又分小组。每小组 3 个人，负责 10 多米宽的地面，搜索前进。

全队一条线排开，像把铁耙，从东往西耙去，要把危害人民的毒虫一个不漏地消灭。

指导员带着小赵和几个结实的队员作为机动部队，准备随时到毒虫成堆的地方去突击消灭。

他们沿着土坎前进，发现很多虫子爬到土坎长满荆棘的地方去了。

"烧！"大刘说。

火把点着野草，大火熊熊地沿着土坎燃烧起来。别处虫子多的地方也点起了火，烧得野草吱吱作响。

飞机又向着火光飞来，越飞越低。指导员命令各小组立即隐蔽。

对方飞机先在他们头上盘旋了一圈，忽地又从他们头顶掠了过去。

包光华抬头一望，一股黑烟沉下来。黑烟散了、低了，随着落下来的是纸箱子、虫子。美机向北盘旋去了。

突然，从高射炮阵地上射出了数条巨大的探照灯光，接着密集的高射炮火猛烈地发射起来。当这架满载着血腥和罪恶，对和平人民制造疾病和死亡的美机惊慌地想要逃跑时，它已被战士们的炮火击中了。

一个燃烧起来的机身，拖着浓烟，踉跄地从高空翻滚下来。正在扑灭细菌的宣传队员看得清清楚楚，他们高兴得狂呼起来。小包说："好！这就是进行细菌战罪犯的下场！"

向凡大声喊着：

抓住驾驶员审判他，向全世界人民公布美帝细菌战的铁证，让全世界人民审判美帝国主义！

从2月19日至5月3日，美军在三十八军驻地一共投放毒物226次，面积达100万平方米，但都被三十八军战士与朝鲜人民一次次地扑灭了。

后勤部门积极配合反细菌战

不仅战士们开展了反细菌战行动，志愿军的后勤人员也都积极行动起来，与细菌战作斗争。

3 月初的一天，班长把后勤人员董国英叫到一边，说："小董，交给你一个任务。"

董国英一听，高兴得跳了起来，忙说："班长，是不是让我跟您出车？"

班长笑一笑说："不是。是一个特殊任务，捕鼠！搞好我们班的卫生防疫工作。"

董国英惊讶地问："班长，你不给运输任务，怎么叫我去捉老鼠玩呢？"

班长看董国英想不通，就把上级传达的美帝发动细菌战的情况向他说了一遍，还严肃地说："后勤领导要求我们每个班都要积极行动起来，把粉碎美帝细菌战的具体任务，当做一项特殊的战斗任务来完成。"

班长还用充满信任的口气说："小董，你年轻、有文化、肯动脑，你就把它当做入朝第一仗来打吧！"

班长接着说："有什么困难可以找副班长，我让他协助你。"

当董国英知道抓老鼠是为了粉碎美帝细菌战时，就愉快地接受了任务。

军民全力抗击

接受任务后他想：捕鼠离不开工具，没有工具要捕杀这种敏捷、机灵又胆怯的小东西谈何容易。可是在当时的条件下，去哪里找现成的捕鼠工具呢？

于是，他就找到副班长商量。

副班长说："只有就地取材自己造，小鬼！走，到驻地附近转转去，看看有没有什么东西可以利用。"

他们两人沿着驻地的山沟走，发现山脚处有不少天然石片暴露在植被剥脱的土中。朝鲜老百姓就是用这种石板建筑住房暖炕的。

董国英说："副班长，要是把这种石片竖起来放，一倒下肯定能砸死老鼠。"

副班长说："对！这是个办法，咱们拿一块回去做试验。"

回到班里，董国英找了一根短棍把石板斜着撑起来，但是怎样让老鼠一吃食饵，石板就自动地倒下来呢？董国英根据老鼠夹捕鼠的方法，与副班长一起设计了一种用杠杆原理捕鼠的工具。

他们砍来树枝，找来擦车破布搓成绳子，按设计方案做好后一试，还蛮灵的，副班长满意地说："这玩意儿行！我来帮你做。"

他一口气制作了 10 多个交给了董国英，让董国英去试试捕鼠效果。

当天傍晚，董国英带上捕鼠工具和食饵，沿着山沟，选择朝鲜老乡废弃的田地附近，就地挖出石片，布起了一个个"捕鼠阵"。

第二天天刚亮，董国英就迫不及待地喊醒班长，一起来到了捕鼠点。

当董国英望见第一块倒下的石板时，心里紧张得怦怦直跳，他多么希望有一只老鼠在石板下面呀！

董国英急匆匆地跑过去，当他用微微颤抖的戴着手套的右手掀开那块石板时，一只灰黑色的硕鼠赫然出现在眼前，它趴在石板下面一动不动，衔着馒头片的鼠嘴旁还有一摊鲜血。

董国英兴奋得跳了起来，搂着班长的脖颈高喊："成功了！成功了！"

当然，他们也发现了一些问题，有的食饵被蚂蚁吃光了，有的架石板的地方，土质太松软，老鼠打倒后没死，扒了个地道逃逸了。

不过，第一天的战果还可以，一共捕杀了 4 只老鼠。

回去后，他们及时总结经验，又做了 10 多个捕鼠工具。

果然，董国英的捕鼠技术一天天好了起来，最多时一天能打 10 多只。

有一天居然把一只小松鼠的大尾巴压住了，董国英把这个可爱的小家伙捉回来送给了副班长。

副班长用一根细绳拴住它，喂它花生米，然后把它放在自己的棉袄里，让它在身上钻来钻去，说是可以帮他消灭身上的虱子。大家听了哈哈大笑说："副班长。你真行，还找到一种反细菌战的新式武器了！"

在粉碎美帝发动细菌战的日子里，这个班每个人都

军民全力抗击

几次注射防疫针，经常在驻地投撒杀虫药粉，消灭蚊、蝇、跳蚤，搞好环境卫生，还利用空汽油桶架起来烧水洗澡，煮衬衣灭虱，搞好个人卫生。

他们班不仅完成了上级交给的战地运输任务，也完成了做好防疫工作粉碎美帝细菌战的任务。

董国英也因为在这次特殊的战斗中，消灭了100多只老鼠，工作积极而受到了团部的通报表扬。

炮七师后勤部保防队班长张宝惠也带领他们班参加了反细菌战。

他们保防队的任务是：救护伤病员，扑灭细菌战。在演练期间，队员们头戴防毒面具，身穿防护衣，足蹬高筒靴，手戴长袖手套，身背喷雾器和消毒药品，像消防队员一样，有情况随即出战。

实战终于开始了。7月的一天下午，美机在炮七师师部驻地上空盘旋了两圈，投下两枚大型炸弹，战士们只听见在半空中"砰"的一声闷响，炸弹裂为两半，坠落到山坡树丛中。

大家说："炸弹没炸成碎片，声响也不大，大概是细菌弹吧！"

他们在平时训练时，讲到过对方使用的细菌弹里面装的是活的苍蝇、跳蚤、蚂蚁、老鼠之类的小动物。这些小动物体内和身上的细菌、病毒通过叮咬他们的身体或污染水源，造成烈性传染病而致死人命。这样，对方不用枪炮就能削弱志愿军的战斗力。

张宝惠他们怀着满腔的怒火，兵分三路，奋不顾身地扑向弹着点，边走边搜索，果然发现草地上爬着的大蚂蚁，树丛中停落的黑苍蝇，还有摔成半死的小老鼠，跳蚤体小跳得高，不细心观察发现不了，需要慢慢搜索。

一旦让它们扩散开来，跳蚤叮咬我们的战士，苍蝇、老鼠污染食品、水源，就会酿成大祸。它们是在几百米高的空中散落下来的，既不成堆，也不成片，面积较大，给捕杀工作带来一定难度。

药品有限，不能普遍喷杀，他们就采取见到苍蝇、跳蚤、蚂蚁就用喷雾器喷洒捕杀，见到老鼠就用小铁锹打死掩埋，就这样三路人马向弹着点围攻，缩小包围圈，将近两个小时后会合，并且找到了炸开的细菌弹壳，里面是若干个小空方格，什么昆虫动物也没有了。

他们就地喷洒消毒，为保险起见，还找来树枝焚烧，待凉后郑君儒队长将弹壳扛回驻地，往地下一放，弹体有半人高，粗细像个高桩小水缸。

7月的天气骄阳似火，穿上防护衣，每个人都像从水里捞出来一样，满身大汗。

完成任务归来后，战士们都十分高兴。崔学经股长说："你们辛苦了，大家干得太好了。"

后来，弹壳运到停战谈判会场板门店，让各国记者拍照以揭露美帝细菌战的罪恶面目，但美国抵赖否认，后来因弹壳上印有美国标志"US"，才不得不低头认罪。

保防队除了做好粉碎美帝细菌战的工作外，还抓紧

军民全力抗击

一切可利用的时间，开展战地卫生防疫工作，帮助部队把住两道关：

一是把住皮肤病关。生活在前沿阵地的广大指战员，住在狭小、潮湿的掩蔽部内，生活居住条件极差，没有时间理发、洗澡、洗衣服，头上、身上生了虱子、疥疮、湿疹、脚癣等皮肤病，影响操炮、休息，同志们都非常痛苦。

保防队就深入连队阵地，给指战员清理卫生，头发长的，他们给理发；身上有虱子的，就将内衣用敌敌畏水煮沸；身上脏了，用汽油桶烧水洗澡；使大家穿的、戴的清洁卫生，把住了皮肤病关。

二是把住病从口入关。即饮食关，在炊事班伙房靠近河边处挖泉水井，用空炮弹箱木板做成井盖，保证水源不被污染；厨房的仓库下鼠夹灭鼠，保证米面、蔬菜等食品不被污染；远离水源下端50米处，挖野战厕所。

保防队千方百计创造条件，让战士们保持清洁卫生，一身轻松。保防队每到一个连队，都受到热烈欢迎，战士们称他们是战场上的美容师，阵地上的卫生防疫尖兵。

反细菌战取得伟大胜利

为粉碎侵朝美军发动的细菌战，中国政府成立了各种防疫组织及机构，采取了一系列防疫措施。

为侦察美军所散布的昆虫究竟带何种菌毒，从2月12日到4月中旬中国政府曾先后派遣专家技术人员3批50余人到朝鲜及东北进行现场检验。

同时，在沈阳、北京、天津、青岛等地设立研究机构，加强对反细菌战的研究。

3月13日，中央人民政府政务院、军事委员会为了加强对防疫工作的领导，决定将原来的中央防疫委员会进行改组。

由周恩来、陈云、郭沫若、李德全、贺诚、苏井观、彭真、罗瑞卿、滕代远、章伯钧、陆定一、谢觉哉、李书城、章汉夫、聂荣臻、粟裕、刘澜涛、萧华等18人组成防疫委员会。

以周恩来为主任委员，郭沫若、聂荣臻为副主任委员。

3月19日，中央防疫委员会发出《反细菌战指示》后，截至4月份，除西南地区外，全国各地各大行政区及沿海省市也先后成立了防疫委员会。

到3月底，全国共组织了129个防疫大队，共计2万

军民全力抗击

余人。

在国内交通线及国境、海港设立了 66 个检疫站，并在山海关设立了防疫总指挥部；与此同时，进行预防注射。

4 月 10 日前即对东北 485 万人进行了鼠疫预防注射。

在北京、天津、河北、山东、华东、中南、华南等地也进行了重点注射。

此外，国内还加紧研制生产和发放了大量的疫苗和消毒杀虫剂。

其中仅 3 月上旬运往朝鲜的各种疫苗就达 580 万份，基本上满足了前线的需要。

由于志愿军组织周密，措施得力，在国内人民的大力支援下，很快控制了疫情的发展，美军实施的细菌战对志愿军未造成很大危害。

在消杀运动中，战士们充分发挥了聪明才智，创造了简便科学的灭蚤蒸汽机、高热封闭灭蝇室、自动开关垃圾箱等。

据统计，全军由战士制造的捕鼠工具达 140 余万件。1952 年夏季，全军捕鼠 500 万只以上。

加强部队卫生建设，全军利用各种废旧材料修建了8200 余所洗澡堂，3500 余所灭虱室，3000 余所隔离室，大大改善了部队的卫生条件，便于及时发现、及时隔离、及时治疗病人。

全军对易感人群进行了保护，增强了指战员的抵抗力。普遍实行防疫注射，干部和党、团员积极带头，广大战士自觉地接受了注射，使斑疹、伤寒、鼠疫等疫苗接种率高达93.9%。

在此期间，志愿军曾发生与细菌战有关的疫病患者384人，其中有258人治愈。

同时，志愿军的卫生面貌和健康水平，随着反细菌战的清洁卫生运动的开展，也得到了显著的提高。

1952年同1951年相比，各种传染病发病率不但没有增加，反而大大减少。

到1952年冬，经过将近一年的斗争，终于粉碎了美国实施的细菌战。

美帝实施的细菌战，虽在初期给中朝军民造成了一些危害，使部分军民产生过紧张心理，但未能达到目的，相反在政治上、道义上遭到了可耻的失败。

最后，连美国侵略者自己也不得不承认细菌战的效果"屁都不值"。

中国政府对美国细菌战的积极宣传，赢得了世界人民和祖国人民的支持和帮助。

美国在朝鲜战场进行细菌战的野蛮行径，使得全世界人民看清了美国的丑恶嘴脸和险恶用心，国际舆论纷纷谴责这种冒天下之大不韪的做法，使美国在政治上和道义上遭到了可耻的失败。

为了"报复"这支赢得细菌战的"主力部队"，美军轰炸机"特别光顾"了志愿军防疫大队驻地。

军民全力抗击

1953 年初的一天，防疫大队除少数留守人员，大部分队员都上山砍柴去了。

就在这时，轰炸机成群结队而来，在防疫大队所在地的上空，扔下了大约 50 余枚炸弹、燃烧弹后才离去。7 名留守人员壮烈牺牲，驻地朝鲜百姓伤亡惨重。

以美国为首的所谓"联合国军"发动了细菌战，但没有使中朝人民屈服。

相反，他们的侵略行径为全世界人民所唾弃，并且受到世界爱好和平的人们的强烈谴责。

参考资料

《朝迹夕觅：“抗美援朝”的故事》 贺宜等著 启明
　　书局

《抗美援朝战场日记》 李刚著 解放军文艺出版社

《中国人民志愿军征战纪实》 王树增著 解放军文艺
　　出版社

《王平回忆录》 王平著 解放军出版社

《抗美援朝纪实：朝鲜战争备忘录》 胡海波著 黄河
　　出版社

《血与火的较量：抗美援朝纪实》 栾克超著 华艺出
　　版社

《烽火岁月：抗美援朝回忆录》 吴俊泉主编 长征出
　　版社

《伟大的抗美援朝运动》 中国人民抗美援朝总会宣传
　　部编 人民出版社

《开国第一战：抗美援朝战争全景纪实》 双石著 中
　　共党史出版社

《我们见证真相：抗美援朝战争亲历者如是说》 杨凤
　　安 孟照辉 王天成主编 解放军出版社